U0085064

英聽・會話・實用系列

最適合中國人的美語會話教材

初級 書每冊180元，教師手冊120元 全套8卷960元
ALL TALKS ① ②

- 具備國中英語程度，初學英會話者。

- 內容包括基礎生活會話及一般實用口語，讓學生們在一學年中學會用最簡單的英語來溝通，打好會話基礎。

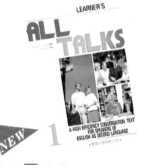

中級 書每冊180元，教師手冊120元 全套8卷960元
AMERICAN TALKS ① ②

- 具備高中英語程度，以前學過會話者。

- 可與初級教本銜接使用，採循環教學法。

- 中、高級教本內容，人物均可連貫，自成系統，可作兩學年完整教材。

高級 書每冊180元，教師手冊120元 全套8卷960元
ADVANCED TALKS ① ②

- 想進一步充實流利口語，言之有物的學生。

- 中、高級四冊教本，程度由淺入深，從一般簡單問候語、生活會話到基礎商用、談論時事、宗教等對話皆包括在內。

★每級均附教師手冊一本，內含中文翻譯及習題解答。

編者的話

　　學英語，若不懂口俚語的用法，只能算是學得皮毛而已。有位中國女孩子在路口等人，迎面來了一位美國人笑嘻嘻地問她說 *"Do you have the time?"* 她聽了很不屑地白他一眼。這位美國人很著急地指著她的手錶再問一次。最後，她才搞清楚原來他只是問：「現在幾點？」而不是很冒失地想請她喝咖啡之類的。這位女孩子並非不懂英語，而是不了解美國人的常用口語（colloquial expressions）才產生誤會。

　　美國校園，是學口俚語的最佳環境。學生們常以最輕鬆的方式來交談。在長胖時，他們覺得用 *"I've got a spare tire."* 比用 *"I've got fat."* 更為傳神。用 *"terrific"* 比用 *"very good"* 更能表示讚嘆。

　　校園生活英語（*Campus English*）就是針對這方面的需要而編纂成書。本書以留學的生活為主，分為七大章，有110個 situation。每一個 situation 中有四大部分：

　　1. 活潑簡易的**實況會話**：使您宛如身歷其境，自然地融入美國校園生活中。2. 新鮮幽默的**流行口語**：教您學會一口道地的英語，輕輕鬆鬆地和老外打成一片。3. 舉一反三的**迷你情報**：教您如何觸類旁通，適時適地講合宜的英語。4. 五花八門的**校園報導**：讓您深入地了解美國大學，幫助您入境隨俗，適應負笈海外的生活。

　　「好書不寂寞」，編輯好書是本公司一貫的宗旨。本書在編審及校對的每一階段，均力求完善，但恐仍有疏漏之處，誠盼各界先進，不吝批評指正。

Editorial Staff

● 企劃・編著／林　婷
● 英文撰稿
　Mark A. Pengra・Bruce S. Stewart
　Edward C. Yulo・John C. Didier
● 中文撰稿・資料收集／陳志忠
● 校訂
　劉　毅・葉淑霞・武藍蕙・陳志忠・王慶銘・陳威如
　林順隆・陳怡平・姚佩嫱・曾蕙蘭・晏壽梅・王怡華
● 校閱
　Mark A. Pengra・Lois M. Findler
　John H. Voelker・Keith Gaunt
● 封面設計／謝淑敏
● 版面設計／謝淑敏・張鳳儀
● 版面構成／
　黃春蓮・蘇翠鳳・許仲綺・林麗鳳
● 打字
　黃淑貞・倪秀梅・蘇淑玲・吳秋香
　洪桂美・徐湘君
● 校對
　宋美明・林韶慧・陳瑠琍・李南施
　邱蔚獎・卓永堅・劉宛淯・朱輝錦

CAMPUS ENGLISH
CONTENTS

Chapter 4 校園鐘響──正式上課
Starting Classes

Chapter 5 宿舍花絮──住宿生活
Dorm Life

Chapter 6 生活風采──老中和老外
Living with Americans

Chapter 7 文化溝通──台灣和美國
East meets West

Chapter 8 最後關卡——
畢業考與畢業
Final Exams and Graduation

學習出版公司　港澳地區版權顧問

RM ENTERPRISES

P.O. Box 99053 Tsim Sha Tsui Post Office, Hong Kong

翻印必究

CHAPTER 1

校園口語知多少

Learning College Slang

新鮮、流行、正點
校園口語

表現年輕人活潑跳動的心

　　美國，是一個**活潑、幽默**的國家。美國人，除非在正式的場合上，不得不使用嚴肅的**正規英語**（ *formal English* ）表達之外，在一般的會話中，口語，是他們拉近彼此距離的語言。

　　以前有些被視為粗俗而難登大雅之堂的口語，現在已有報章雜誌的專欄作家，開始在文章中使用，為的是增加文章和讀者之間的親和力。而**校園**是使用口語最頻繁的地方。

　　口語，之所以在校園如此盛行，最大的原因之一，是年輕人喜歡**標新立異**。他們追求流行的裝扮，新奇的事物，就連講話都喜歡用不同於一般人的語氣。例如，表示「最好」、「最棒」的形容詞，如果還要用

" *very good* " 或 " *the best* " 就已經是落伍了。年輕人喜歡用" *ace* "
來表達。這個字不僅可以當名詞，也可以當形容詞。如 " *ace athlete* "
（最佳運動員），" *ace reporter* "（最佳記者）。

　　另外一方面，使用口語交談，可以增加彼此的**認同感**和**熱絡度**。當
一群男學生看到一位漂亮性感的女孩時，他們共同使用的形容字眼是
" *fox* "，用這個字不僅有讚嘆的意思，也比用 " beauty "，" pretty
girl "，" sexy girl " 來得生動、簡潔。而且唯有用這個字眼，才能
使他們共同發出**會心的一笑**。

校園口語兩大特色

　　美國的義務教育到高中畢業爲止，想要進入大學繼續唸書並不難。
但是，想順利地畢業卻相當不容易。所以，美國學生，只要進入大學，
唸起書來都很用功。因此，與讀書、考試方面有關的校園口語**也特別多**。
以下將這兩方面的校園口語，作一概略的解說：

1. K書怎麼講：

　　談到努力讀書，用 " *work-hard* " 似乎無法表達出用功的那份**毅力**
和**決心**。但是，在口語用法上，用" *keep your nose to the grindstone* "
（把你的鼻子放在磨刀石上）就把努力苦讀的心志，形容得淋漓盡致。
另外，還有" *pull an all-nighter* "（開夜車），" *cram* "（考前抱佛
腳，猛K書），" *crank* "（用功以取得好成績），" *kick ass* "（努
力用功）等等，用這些字彙用語，都比用 " study hard"或"work-hard"
更爲傳神。

　　對於簡單的課程叫做" *breeze* "（原意是微風）或 " *Mickey mouse
class* "（縮寫爲 " mic-class "）。

2. 考好、考爛怎麼說:

和考試有關的校園口語更是五花八門。很難的考試題目叫作 **"bitch"**，這個字本來是「母狗」的意思，而且含有罵人的意味。題目如果出得很有**技巧**，陷阱很多就稱爲 **"tricky"**。如果是很簡單的題目，就叫作 **"cinch"**，這個字本來是指「馬鞍的腰帶」，引申義爲「有把握，容易解答」的意思。

在考試完後，學生總會和同學、朋友討論一下**作答的情形**。用 **"blow it away"**，是把考試擊倒、吹跑了，就是形容「考得好」的意思。**"cream"** 原意是「使成乳酪狀」，引申爲「痛擊」，用在考試上，也是指「考得不錯」。**"eat it up"** 能把考試吞掉，也就是指「考很好」。另外，**"smoke"**，**"dust"** 用在形容考試上，都是指「**考試輕鬆、簡單**」的意思。

如果**考砸了**，就用 **"bomb"** 或 **"bomb out"**（炸掉），表示考得完全失敗。用 **"mess up"** 是指「寫得一團糟」。如果是「胡亂地瞎猜一通」。就用 **"play fill-in-the-dots"** 因爲選擇題中，將欲填入的字以 "dots"（點線）表示。不會寫，隨便亂填，就好像 "play" 一樣。如果用 **"be smoked"** 被動態，是表示被考試考得化爲一陣煙，當然是指「考砸了」。**"cream"** 和 **"dust"** 也有類似的被動用法。表示「考不好，考試失敗」，還有 **"choke"**（原指窒息）和 **"be burned"**（被烤焦了）等等說法。

還有一個較特別的用法，"*be flagged*"（被豎旗子），這是個**雙關語**。因爲在美國的學校，通常以"*A*"到"*F*"來打分數。"*F*"是表示最低分，"*be flagged*"即表示得到"*F*"，也就是「得到最低分，考得最爛」的意思。

如果考得普普通通用"*so so*"或"*squeak by*"。"*squeak*"本來是指千鈞一髮，死裏逃生的意思，用在考試上，就表示「勉強過關」。如果考試不唸書，存著僥倖的心理應試，就像"*dive*"（潛水、跳水）一樣，所以，用"*take a dive*"來形容。另外，在考試時作弊用的小抄，叫做"*crib notes*"

點滴生活・句句口語

由於學生喜歡求變化，各種校園口語不斷地**推陳出新**。有些口語具有濃厚的地方性，或是只適合某一特定時間或場合上使用，或者只有某一特定的人群在使用。這類口語在一陣流行之後，自然會被人**遺忘**，而且不再爲人使用。但是，大部分的口語，會不斷地出現在一般的會話（conversation）中，這些就是我們和老外打成一片的關鍵字彙，也是我們努力學習的重點。

掌握三個大原則：一、**求新求變**。二、**熱絡度**。三、**簡潔**。就能征服所有的口語，增加自己的語言能力，突破學習英語的障礙。

2 校園口語錦囊

● **ace** 〔es〕 *n.* 最棒；最佳
⇨ 原意爲撲克牌的么點（A），是最大的牌。

● **advisor** 〔əd'vaɪzɚ〕 *n.* 導師；學生顧問（ = *student advisor* ）
⇨ 美國大學大都設有 advisor，以幫助學生解決生活及課業上的疑難。

● *air head* 笨人
⇨ 腦袋裝空氣，罵人的話。

● *bag some z's* 睡覺（ = *catch z's* = *get some sleep* ）
⇨ 美國漫畫，習慣以 z 代表睡覺。裝一些 z，即是睡覺。

● *be keyed up* 興奮（ = *be excited* ）
⇨ key 當動詞，原意是鋼琴調音或樂器調音。key up 將音調高，就是激勵。
be keyed up 即被激勵而熱血沸騰。

● *be bummed out* 沒希望；被放逐
⇨ bum 是遊蕩、乞食之意。be bummed out 是被趕出該科教室，意即考試失敗。

● *be burned out* 厭倦；（熱情）燒光了（ = *be tired of* ）

● *be loaded* 富有的；有錢的
⇨ load 指裝貨。主詞爲車、船，表示裝貨完畢；若主詞爲人，表示有錢的。

● *be wigged out* 發瘋（ = *go crazy* ）
⇨ wig 原意是假髮，引申爲頭髮、頭、心等。當動詞，是指心智喪失，即發瘋
之意。

◑ **bitch** 〔bɪtʃ〕 *n.* 困難或不快的事
⇨ 原意是母狗，很流行的罵人話。

◑ *bite the dust* 考試失敗；吃土；被殺
⇨ 在西部槍戰片中，決鬥失敗的總是倒在地上。「吃土」即表示倒地，引申為失敗，或被殺。

◑ **blow-off** 〔'blo,ɔf〕 *n.* 容易的課或考試

◑ *blow sb.'s mind* 使～驚訝
⇨ 打擊（某人）的心，即使某人驚訝。

◑ *bomb out* 考試失敗
⇨ 炸掉，引申為大失敗。

◑ **brain** 〔bren〕 *n.* 聰明人；智囊

◑ **breaks** 〔breks〕 *n.* 假日（= *holidays*）

◑ **breeze** 〔briz〕 *n.* 容易的課程 *v.* 輕鬆的行動
⇨ 原意為微風，引申為輕鬆的工作。

━━━━━━━━━━━━━━━━━━━━━━

◑ *breeze through* 輕鬆過關
⇨ 像微風吹過。

◑ **brew** 〔bru〕 *n.* 啤酒（=*brewski* = *beer*）
⇨ brew，原意是釀造物。引申為啤酒。

◑ **bro** 〔bro〕 *n.* 朋友；兄弟（= *brother*）
⇨ 本是黑人英語，brother 之意。

◑ **burn** 〔bɜn〕 *v.* 整（人）
⇨ 原意為燒烤。be burned 即被整。

◑ *B.S.* 胡說；誇張；討厭的人或事
⇨ B.S. 為 bullshit 的簡稱。

❶ *caffeine fix* 喝咖啡

⇨ fix 是修理、增補的意思。

❶ cake 〔 kek 〕 *n.* 容易的事（ = *a piece of cake* ）

❶ catch rays 日光浴；曬太陽

❶ *cheap cop-out* 差勁的藉口

⇨ cop-out 是指認罪，以求減輕刑罰。cheap cop-out 原指為了逃避處罰，而胡亂編理由。

❶ chick 〔 tʃɪk 〕 *n.* 女孩（ *girl* ）

⇨ 原意是小雞、小鳥，引申為少女。

❶ *choice* 〔 tʃɔɪs 〕 *n.* 精品；*adj.* 非常好的（ = *very good* ）

⇨ 原意為經過挑選的。

❶ *chow time* 吃飯時間（ = *time to eat* ）

⇨ chow 在口語中是指食物。

❶ cinch 〔 sɪntʃ 〕 *n.* 容易的事；有把握的事

❶ commencement 〔 kə'mɛnsmənt 〕 *n.* 畢業典禮

❶ cool 〔 kul 〕 *adj.* 極好的（ = *very good* = *excellent* ）

⇨ 原意為涼快，在口語中表示「極好的」。此字用得很普遍。

❶ cram 〔 kræm 〕 *v.* 考前抱佛腳；硬塞

❶ crank 〔 kæŋk 〕 *v.* 努力用功

⇨ 原意是指搖動舊式汽車的手搖曲柄，以發動引擎。

❶ cream 〔 krim 〕 *v.* 考試考得好

⇨ 原意為使成乳酪狀，引申為痛擊。如果是被動用法，則表示考試失敗。

❶ *crib notes* 作弊用的小抄

⇨ crib 是考試時的夾帶，當動詞用是指抄襲。note 是小紙條。

◑ *cruise course* 容易的課程
　⇨ cruise 是指兜風。

◑ *cut class* 翹課；缺席（ = *skip class* = *ditch class* ）

◑ **dig** 〔dɪg〕喜歡（ = *like* ）
　⇨ 原意是挖掘，探討（知識），引申爲注意、了解、喜歡。

◑ *do a megastudy* 努力唸書；大量讀書
　⇨ mega 是接頭語，有大量，一百萬的意思。

◑ *Don't sweat it.* 別擔心。
　⇨ sweat 原意是流汗，引申爲因焦急、驚嚇而流汗。

◑ **dorm** 〔dɔrm〕*n.* 宿舍（ = *dormitory* = *residence hall* ）

◑ *do sb. in* 搞垮（人）（ = *ruin*〔*destroy*〕*sb.* ）
　⇨ do in 是設計陷害；引申爲摧毀、搞垮。

◑ **drag** 〔dræg〕*n.* 討厭的人或事
　⇨ drag 原意是阻礙物，累贅，引申爲討厭的人或事。

꧁ꕥꕥꕥꕥꕥꕥꕥꕥꕥꕥꕥꕥꕥꕥꕥꕥ꧂

◑ **drop** 〔drɑp〕*v.* 退掉（某門課）
　⇨ drop 是終止、作罷之意。

◑ *drop out of school* 退學

◑ **faves** 〔'fævɛs〕*n.* 最喜歡的人或事物（ = *favorites* ）

◑ **flick** 〔flɪk〕*n.* 電影
　⇨ flick 常用複數，原意是指光線快速移動。

◑ *flub a test* 考試失敗
　⇨ flub 是做錯、弄糟之意。

◑ **fox** 〔fɑks〕*n.* 性感美人
　⇨ 原意爲狐狸。

❶ *freak sb. out* 使～吃驚
　⇨ freak 原意是做輕浮或古怪的舉動，引申為使人吃驚。

❶ **frosh** 〔 fraʃ 〕 *n.* 新生；新鮮人（ = *freshman* ）

❶ **gas** 〔 gæs 〕 *n.* 有趣的人（事、物）
　⇨ 此字的用法有很多，用來形容人、事、物時，表示有趣的或令人滿意的。

❶ *GE*（ *general education* ）普通課程

❶ *get busted* 被逮捕（ = *get arrested* ）
　⇨ bust 原意為重擊，引申為逮捕。

❶ *get hip* 心中有數（= *know the truth* = *know what's going on* ）
　⇨ hip 原意是臀部；在口語中當形容詞用時，指內行的，或知道最新消息的。

❶ **gonna** 〔 'ɡɔnə 〕 *v.* 將要做（ = *going to* ）

❶ *good job* 幹得好

＊＊＊＊＊＊＊＊＊＊＊＊＊＊＊＊＊＊＊＊＊＊＊＊＊＊＊＊

❶ **gotta** 〔 'ɡɑtə 〕 必須（ = *got to* = *have to* ）

❶ *grad school* 研究所
　⇨ 是 graduate school 的省略。

❶ *green stuff* 鈔票
　⇨ 綠色的東西，指紙鈔。因為美鈔大部分是綠色的。

❶ **groovy** 〔 'ɡruvɪ 〕 *adj.* 好的（ = *good* ）

❶ *hang out* 停留（ = *stay* ）

❶ *have the munchies* 吃東西；肚子餓
　⇨ munchies 指小點心，或下酒的小菜、乾菓等。

❶ *head to* 去～（地方）

❶ *hit the books* K 書（ = *study* ）
　⇨ hit 原意是打擊。

❶ *hit the sack* 睡覺
　　⇨ sack 是指粗布袋或寬鬆外衣。

❶ *hold the chair* 負責（人）（ = *be the head* ）
　　⇨ 原意為開會時當主席，引申為公司或內部負責（人）。

❶ **hour** 〔aʊr〕學分（ = *credit hour* ）

❶ *How are you feeling* ? 你好嗎？（問候語）

❶ *I'm up for it*. 我贊同。
　　⇨ up 是大姆指豎起，表示贊同。用 down 時，則為反對的意思。

❶ *kick ass* 努力用功（ = *kick ass* = *work hard and do well* ）
　　⇨ 原指在臀部踢一腳，快馬加鞭的意思。

❶ *kick back and enjoy* 放鬆（ = *relax* ）
　　⇨ 將（煩惱的事）踢回去，享受一番。

❶ *keep your nose to the grindstone* 努力用功
　　⇨ 將鼻子抵在磨刀石上。

━━━━━━━━━━━━━━━━━━━━━━━━━━━━━━

❶ *leave the nest* 離家

❶ *let ~ down* 失望（ = *disappointment* ）
　　⇨ Don't let me down. （別讓我失望。）

❶ *live it up* 玩得愉快（ = *have a good time* ）

❶ **mega** 〔'mɛgə〕*adj.* 很多的（ = *a lot of* ）

❶ **megabucks** 〔'mɛgə,bʌks〕很多錢（ = *a lot of money* ）
　　⇨ buck 在俗話中，是美金一元之意。

❶ *mess up* 〔**on**〕搞砸~（ = *spoil sth.* ）
　　⇨ mess 搞亂之意。

◑ *Mickey Mouse class* 容易的課程（＝*mic-class*）
⇨ 米老鼠課程。米老鼠是華德迪斯耐的卡通人物，其卡通幽默逗笑，人人能懂。

◑ *mop up a quiz* 考試考得好；掃蕩考試
⇨ mop up 是軍事用語，指掃蕩、肅清（敵人）。quiz 是小考之意。

◑ neat〔nit〕*adj.* 非常好的；很棒的（＝*very nice*）

◑ nerd〔nɝd〕*n.* 書呆子（＝*bookworm*）

◑ nitwit〔'nɪt,wɪt〕*n.* 笨蛋

◑ *off the wall* 荒謬的（＝*absurd*）
⇨ 指不合常情的。

◑ *old exam* 考古題

◑ *on prob* （因成績不佳）受到警告（＝*on probation*）

◑ *on reserve* 不外借（圖書或資料）

◑ *on the ball* 提高警覺；很棒的（＝*smart*）
⇨ ball 是指眼球（eyeball）。on the ball 引申為提高警覺、很棒、很高效率的意思。

◑ *pig out* 狼吞虎嚥；吃很多（＝*eat a lot*）
⇨ pig 是指豬。

◑ pit〔pɪt〕*n.* 破舊房子
⇨ pit 原意為坑洞。

◑ *pop quiz* 臨時小考
⇨ pop 是爆裂聲，引申為突然跳出來的。

◑ *placement test* 程度測驗（新生）
⇨ 新生入學時，先做該測驗，以便分班授課。

● **prof** 〔 prɑf 〕 *n*. 教授（ = *professor* ）

● **roomie** 〔 'rumi 〕 *n*. 室友（ = *roommate* ）

● **scarf** 〔 skɑrf 〕 *v*. 吃得很快（ = *eat quickly* ）
  ⇨ 原意是指用圍巾包，或用桌布蓋的意思。

● **senioritis** 〔 sin'jɔrətɪz 〕 *n*. 高年級生的倦怠症
  ⇨ 因擔心謀職的事，而對學校的活動不起勁。

● **side** 〔 saɪd 〕 *n*. 唱片（ = *cut* = *record* ）
  ⇨ 唱片通常有 A、B 兩面（ A side; B side ），所以，side 也指唱片的意思。
    cut 當動詞時，是指「將～錄音」。當名詞，指唱片的意思。

● *smoke a test* 考試考得好

● **snooze** 〔 snuz 〕 *n*. 無聊的課（ 令人昏昏欲睡 ）
  ⇨ 原意是小睡，假寐。

● *space out* 忘了～；發呆；迷糊
  ⇨ space 是留下空白的意思。

● *spaz out* 緊張（ = *be nervous* ）
  ⇨ spaz 指 spasm（ 痙攣 ）。

● *study one's ass off* 用功過度
  ⇨ 因為坐太久，臀部麻木，所以，用功到臀部脫落。

● *T A* 助教（ = *teaching assistant* ）

● *take-home* 帶回家做的考試（ = *take home exam* ）

● *take it easy* 放輕鬆點

● **tough** 〔 tʌf 〕 *adj*. 嚴格的；困難的

● **towny** 〔 'taʊnɪ 〕 *n*. 城裏的人；非學生（ = *town people* ）
  ⇨ 又叫 townee。

● **tremendous** 〔 trɪˈmɛndəs 〕*adj.* 極好的（ *= excellent* ）

⇨ 原意是很多、很大、很可怕的。口語則表示非常好的。

● **tube** 〔 tjub 〕*n.* 電視（ *=TV* ）

⇨ 原意爲電視的映像管。

● **upperclassman** 〔 ˌʌpəˈklæsmən 〕*n.* 高年級學生

⇨ 歐美學校有戲弄新生的傳統，新生叫高年級同學爲 upperclassman。

● **wanna** 〔ˈwɑnə 〕要做～（ *= want to* ）

● *Way to go.* 幹得好。

⇨ 稱讚語。

● *What's up* ? 你好嗎？

⇨ 原意是「通過了什麼事了？」，up 是姆指豎起，表示通過。現爲常用問候語。

● **wheels** 〔 hwilz 〕*n.* 汽車

⇨ 原意是輪子。

━━━━━━━━━━━━━━━━━━━━━━━━━━━

● *You bet.* 那當然。

⇨ 原意是賭博或打賭時，叫對方下注之意。

● **za** 〔 zɑ 〕*n.* （義大利餅）披薩餅（ *= pizza* ）

● *z-out* 睡著（ *= fall asleep* ）

⇨ Z 指睡覺。

CHAPTER 2

踏出第一步—
決定留學

*Finding the Right
College*

1 商量留學

> 我正在考慮到美國唸書
>
> **I am thinking about studying in America.**

美國的學校制度

　　在美國，因為各州的法律有所不同，學校的制度也不盡相同。但是，在上大學之前，要接受十二年的教育，這一點和我國却是一樣的。美國學校制度，是從小學一年級到高中三年級，分為**十二個年級**。也就是說，國中三年級的學生，等於美國的九年級的學生，稱為 a ninth grader 或 a ninth-grade student。至於四年制的大學（ *four-year college*),從一年級到四年級分別是 *freshman, sophomore, junior and senior* 。

 流行口語

1. *Best wishes* for a happy and prosperous future.
   祝你快樂和前途光明。

2. So long. *Good luck* to you. 再見。祝你好運。

3. *Take care of* yourself. 請多保重。

4. You have my *blessing*. 我祝福你。

5. I wish you *all the luck* in the world. 祝你萬事如意。

實況會話

中國人： *I am thinking about studying in America.*
　　　　我正在考慮到美國唸書。

外國人： I see. What grade are you in now?
　　　　我明白了。你現在讀幾年級？

中國人： I'm a senior in high school. 高中三年級。

外國人： Then, you're thinking about going to an American college for your freshman year?
　　　　那麼，你是在考慮到美國唸大學一年級？

中國人： Yes. I'd like to go to a two-year college.
　　　　是的，我想要唸二年制的專科學校。

📖 senior〔'sinjɚ〕*n.* 高年級學生

迷你情報　表達自己的想法，或者想要做的事，最方便的句型是用 "I am thinking about（或 of）"。 about 之後須接名詞或動名詞（V＋ing），例如：「我想打電話。」的說法是 " I am thinking about（of）getting a telephone." 「晚餐想吃漢堡。」的英文則是 " I am thinking about（of）a hamburger for dinner."

2 商量志願學校

> 我正在尋找一所小的，親切的學校
>
> I am looking for a small, friendly college.

二年制的短期大學

二年制的公立大學叫做 *community college*。**當地居民**，只要滿十八歲以上就可以進入 community college。有些地方，雖然沒高中畢業也可以入學。但是，外地人就沒有這種優待，而且在費用上也和本地人不同。外地人是按照 *out-of-state fee* 或 *non-residence fee* 的差別來收費。中國人到任何一州，都是外地人，所以，入學的標準不僅嚴格，收費也很高。

流行口語

1. Do *as* I said. 照我的話去做。

2. I *belong to* myself. 我不受別人來支配。

3. Can I *speak to* you for a moment? 我可否跟你談一下？

4. *Anything* you say. 一切都聽你的。

5. *Live up* to your words. 你要遵守諾言。

6. Don't make *a lot of promises*. 不要亂開空頭支票。

實況會話

中國人： I've heard that there are two kinds of colleges, public and private....

我聽說有公立和私立的兩種學校…

外國人： That's right. I think you would find a private college more helpful.

對的。我想你會發現私立學校對你比較有幫助。

中國人： Yes. *I am looking for a small, friendly college.*

是的。我正在尋找一所小的，親切的學校。

外國人： A private women's college sounds ideal for you.

私立女子學校聽起來對你很合適。

註 private〔'praɪvɪt〕 *adj.* 私設的

迷你情報　" look for...."是指「尋找～」的意思，也有「期待～」的意思。如：" I'll be looking for you at the party."（我期待在宴會上見到你。）但是，通常一般都用" look forward to ～ ing "來表示期待、期望的意思。例：" I am looking forward to getting a good grade."（我希望獲得好成績。）" I am looking forward to seeing you again."（我希望能再次見到你。）

3 決定在哪一地區

> 我聽說波士頓有幾所好大學
>
> I've heard that Boston has several good colleges.

私立大學

　　私立大學有二年制的，也有四年制的。一般的私立大學,規模較小,班級和人數也少，而個別指導做得非常周到。對於遠地來的學生很照顧，給留學生住的地方也很不錯。從以前就很有名的 *Ivy League* 或 *Seven Sisters* （東部七所有名的女子大學），都是私立學校。到現在仍有許多有名的私立學校,是州立學校所望塵莫及的。如果有人高中畢業或專科學校畢業，想前往美國留學的人，可以選擇小一點的私立大學。特別是設備好的女子大學，又安全，又能享受舒適的留學生活。

流行口語

1. *Make up* your mind. 快決定吧！

2. The plan is still up *in the air*. 這個計劃尚未決定。

3. It is never wise to *put* all your eggs *in* one basket.
   孤注一擲，絕不是一件聰明的事。

4. *In my opinion* this is a good idea.
   我認為這是一個好辦法。

實況會話

外國人： Is there some place in particular that you were thinking of？ 你有沒有特別想去的地方？

中國人： *I've heard that Boston has several good colleges.* 我聽說波士頓有幾所好大學。

外國人： Yes，Boston would be a good choice．
是的，波士頓會是個好選擇。

think of 考慮；預料

迷你
情報

" I've heard（that）…." 是指「我聽說～」的意思。" I've heard…. " 也可以換成 " They say…." 來使用。在校園生活中，常用到以 " I've heard…." 為開頭的句子。美國學生也喜歡講閒話（gossip），比如，他們也會說 " I've heard that Fred used to be out of it in his high-school days." （我聽說福瑞德在高中時，呆呆笨笨的。）

4 決定主修

> 我能主修秘書學嗎
>
> **Can I take a major in Secretarial Science ?**

二年制大學的課程

　　二年制的短期大學，不論是公立、私立的，均有為進入四年制大學的**一般課程**（ *Liberal Arts* 或 *General Studies* ），和為畢業之後馬上能工作的**職業課程**。一般的課程相當於我們大一、大二的共同科目。而職業課程就有很多種科目。畢業時是授予 *associate degree*（準學士）的學位。

 ## 流行口語

1. Every dog has *its day*. 總有出頭的一天。

2. He is getting *nowhere*. 他沒有出息。

3. You can't *keep* a good man *down* .
   好人總會有出頭的一天。

4. He is really *something*. 他眞了不起。

5. He's a real *apple polisher*. 他是個馬屁精。

6. You are going to *set the world on fire*. 你會前途無量的。

實況會話

中國人： Could you tell me something about the curriculum? 你能告訴我一些有關課程的事嗎？

外國人： It's like a combination of a vocational school and a junior college in Taiwan.
它有如台灣的職業學校和二專的組合。

中國人： *Can I take a major in Secretarial Science?*
我能主修秘書學嗎？

註 curriculum〔kə'rɪkjələm〕 *n.* 課程；功課

迷你情報 「主修～」是用 " take a major in...."。除了用 "major" 之外，還可以用 "minor"。說得更詳細是，"major" 是指主修，"minor" 是副修。在美國，如果只懂得一項，會被譏笑為「專門呆子」。在學中，不僅有人 major 和 minor，還有人 " double major "。

5 入學的基本英語能力

對於英語能力有何要求

What about my English language ability?

托福考試

TOEFL 雖然是測試英語能力的考試，但是，並不是單憑這個考試成績就決定錄不錄取。在台灣，一年有**六次**考 TOEFL 的機會，所以，有志於留學的人，首先要從考國內的托福著手。知道自己現在的英語能力之後，再考慮要讀什麼。（TOEFL 資料的函購住址：台北 10098 郵政第 23-41 號信箱）。

流行口語

1. We are *all set*. 我們已準備好了。

2. Tell me when. 我隨時奉陪。

3. How did you *make out*? 你把事情做得怎樣？

4. Everything that can be done has been done.
   該做的事，都已做了。

5. *The die is cast*. 事已成定局。

6. Don't *fight the problem*. 別唱反調。

實況會話

中國人：*What about my English language ability*？
　　　　對於英語能力有何要求？

外國人：You need to take " TOEFL." It's held once every
　　　　two months. 你必須考托福。它二個月舉行一次。

中國人：Can I take it more than once？
　　　　我可以不只考一次嗎？

外國人：Yes. As many times as you want to. You only
　　　　need to submit your best score.
　　　　可以，你想要考多少次都可以。你只須要交出你最好
　　　　的成績。

submit〔səb'mɪt〕*v.* 提出

迷你情報　"What about....?" 常用來問：「怎麼樣？」例如："What about
the curriculum?" (這課程如何？)，" What about the party
on Homecoming Day ?" (同學會的宴會怎麼樣？)，" What
about John ? (約翰怎麼樣？)。也可以 " How about....? " 來替換 "What
about....? "。

6 入學申請書的截止日期

什麼時候截止呢

When is the deadline ?

辦理手續的文件

辦手續時，需要有高中**成績單**、**畢業證書**。另外，還要有**推薦函**，最好請自己的老師寫。還要有父母任何一方的**存款餘額證明書**，這可以請郵局或銀行發給。再加上 *essay* 和 *TOEFL score*、**志願單**等一起交出。Ivy League 的截止日期是一月，三月底到四月初就會有結果。其他大學大約在四月～六月之間決定錄取與否。

流行口語

1. *Well done*！做得好！

2. Let nature *take its course*！讓它順其自然吧！

3. *So far*, it's not bad. 到目前為止，還不錯。

4. *Far from it*！差得遠呢！

5. Don't give me *a hard time*. 別太為難我。

6. How *daring* you are. 你膽子好大！

實況會話

中國人： How do I apply and *when is the deadline* ?
我如何申請，又什麼時候截止呢？

外國人： It depends. Usually applications are made from January until May.
視情況而定。通常申請書是於一月到五月之間提出。

中國人： What do I need to apply ?
申請時需要什麼東西呢？

⊞ application〔͵æpləˊkeʃən〕*n.* 申請；申請書.

迷你情報

在這所指的 “deadline” ，是指有關入學志願申請的截止日期。如果是上課的報告（美國大學不叫 report ，而是叫做 paper ）的截止日期，則用 “due”。問別人報告什麼時候截止，如果用 “When is the deadline ? ” 大概沒有人聽得懂，此時，應該用 “When is the paper due ? ”（提出報告的日期是什麼時候截止？），如果表示視情況而定，就可以回答 “It depends.”

7 入學申請書的填寫

你能告訴我如何填寫申請書嗎

Would you tell me how to fill out the application form?

文件審核

進入美國的大學，沒有所謂的入學考試。全部都要經過文件的審核。在文件的審核中，最重視的是，高中的**成績單**，其次是老師的**推薦函**，課外活動、義工活動等，另外，學校也很重視敘述自己的思想和未來夢想的 *essay*。**面試**是非常重要的一環，如果面試時，獲得主考官的中意，而其他成績雖然不理想，還是能 O.K. 過關。將這些所有的結果，作總評價之後，判斷是否合格入學。所以，沒有規定幾分以下就不錄取的情況。

流行口語

1. It's *a piece of cake*. 這簡直是易如反掌。

2. Don't *blame* me for it. 這件事，別怪我。

3. None of your business. 少管閒事。

4. Who is to blame for this? 此事該怪誰？

5. I feel *the same way*. 我有同感。

6. Let's *leave* it at that. 就讓它順其自然吧！

實況會話

中國人：*Would you tell me how to fill out the application form*？你能告訴我如何填寫申請書嗎？

外國人：Yes. Fill it out precisely and in detail. And it's better if it's typed.

　　　好的。精確並詳細地填寫它。若能用打字的話，更好。

中國人：What about the essay part？有關論文的部分如何呢？

外國人：The essay is very important. 論文部分很重要。

註 essay〔'ɛsɪ, 'ɛse〕*n*. 文章；論說文

迷你情報「填寫」是用" fill out "，而不是用" write "。在美國大學，有很多文件需要填寫的。美國大學的教務是所謂的" red tape "（官僚形式主義），所以辦手續（ procedure ）很麻煩（ a pain in the neck ）。甚至，大學四年級了，還有人感嘆說" All through college life, I couldn't fill out a form correctly."（大學都唸完了，我連一張表格都填不正確。）

8 合格通知

我剛收到了你的入學許可信

I just got your acceptance letter.

入學許可

　　入學審核一通過，通常會先收到「恭喜入學」的書面信件，以及**入學手續的必要文件**。如果是州立學校，自己要先檢查一下入學志願卡再寄回，然後向 **Housing Office** 申請住宿。私立學校則需要繳 deposit（保證金），大約要一百到二百美元，這表示願意入學的意思，同時要辦理入學手續。不久，學校就會寄來 I-20 的文件。有了這文件，留學生就算是辦完了入學手續。拿學生簽證，就必須有 I-20 的文件。這是**入學許可**的文件。

流行口語

1. Please bring me *up-to-date*. 請你告訴我最新消息。

2. I'm on my way. 我立刻就去。

3. Don't make a *federal case*. 別小題大作了。

4. I'm at your service. 我隨時聽候你的吩咐。

5. Let's *get down* to business. 讓我們言歸正傳。

6. Don't *get mad*. Take it easy. 別生氣，慢慢來。

實況會話

外國人： Hello, Mei-mei？*I just got your acceptance letter from Endicott College.* Congratulations！

喂，美美嗎？我剛剛收到了你的安迪卡特大學的入學許可信。恭喜了！

中國人： Oh, really？ I'm so glad！噢，真的嗎？我真高興！

外國人： You need to send a deposit. 你必須寄保證金過去。

中國人： I'll do it right away. 我會馬上辦。

deposit〔dɪˈpɑzɪt〕*n.* 押金；保證金

迷你情報

「收到信件」有好多種講法，但是，用動詞 get 是美國人最普遍的講法。其他講法，如："I just received your letter today."（我今天剛收到你的來信。）"I haven't heard from John these days."（我最近沒有收到約翰的信。）"I got no word from Glen."（我沒收到格倫的隻字片語。）

⑨ 在美國大使館

> 我想要申請學生簽證
>
> I'd like to apply for a student visa.

簽 證

　　稍早之前，有人想到美國留學，是先以觀光簽證入境美國，然後再換成學生簽證。可是，這方法現在已經行不通了，而且，常常問題叢生。所以，要出國唸書，最好還是先**取得學生簽證**。以免想要從美國到其他國家旅行，要再入境美國時，會遭到拒絕。

流行口語

1. Do you have your *papers* ? 你有證件嗎？

2. *Take a look at* this picture. 看看這張照片。

3. May I *take a rain check* ? 可以改天嗎？

4. No problem. 沒有問題。

5. Don't *blow it* ! 別搞砸了！

6. Don't *lose your head* ! 別發慌！

7. Do you get me ? 你了解我的意思嗎？

8. I don't catch your meaning. 我不了解你的意思。

實況會話

中國人：*I'd like to apply for a student visa.*
我想要申請一份學生簽證。

外國人：Do you have all the necessary papers？
你帶齊了所有必備的文件嗎？

中國人：Yes, I think so. Here you are.
是的，我想該帶的我都帶了。這就是。

外國人：The fifth sheet of this I-20 isn't signed yet.
這 I-20 的第五張還未簽字。

中國人：Oh, how careless of me. 哦！看我多麼不小心呀！

apply for 申請

迷你情報

「我想要…」的句型是用 " I'd like to … "。也有人習慣用 " I want to … "，但是，用 " I'd like to … " 給別人的感覺較好。把東西交給別人是用 " Here you are." 的句型，表示「東西在這裏」的意思。美國人也用 " Here you go."，但是，這種講法較低俗。

獨立的開始—
辦理
入學手續
Registration

(1) *Feel free to come to see me any time.*
　　儘管隨時來找我。

(2) *How are things going?*
　　過得怎樣？

(3) *I know it's a bad time for you.*
　　我知道你現在的心情不好。

CHAPTER 3

(4) *I can manage on my own.*
我能自己處理。

(5) *That's a promise.*
一言為定

(6) *I would if I could.*
如果辦得到，我早就作了。

(7) *Let me sleep on it.*
讓我再考慮一下。

(8) *I think I can handle it.*
我想我可以應付得來。

(9) *Take your time.*
慢慢來。

10　室　友

我該把行李放在哪裏
Where should I put my belongings?

宿舍內的設備

　　美國學校的宿舍**設備齊全**，有桌子、床、洗手間等等。學生自己必需準備的寢具只有：二條被單、一或二床的棉被，以及床單和枕頭。這些東西只要到超級市場，花二、三十的美元，就可以購買齊全。寒冷的地方，宿舍就有**暖氣機**；熱的地方，宿舍就有**冷氣機**。甚至，有些宿舍的熱水是全天二十四小時供應。

流行口語

1. Let's **take a break now**. 讓我們休息一下吧。

2. Stay out of trouble. 不要惹事生非了。

3. There is **nothing** to it. 沒有什麼了不起的事。

4. Don't talk nonsense. 不要胡說八道。

5. Mind if I **cut in**? 你可介意我打個岔？

6. Don't try to **show me**. 別敷衍我。

7. Sorry for being so clumsy. 對不起我太冒失了。

實況會話

中國人：Hi！ Are you my roommate？ I'm Mei-mei. I'm
　　　　from the R.O.C.

　　　　嗨！你是我的室友嗎？我是美美，我來自中華民國。

外國人：Hello, Mei-mei. I'm pleased to meet you. I'm Kathy.
　　　　I'm from New York.

　　　　嗨！美美。眞高興認識你。我是凱西，來自紐約。

中國人：***Where should I put my belongings***？

　　　　我該把行李放在哪裏？

曲 belongings〔bə'lɔŋɪŋz〕*n. pl.* 所有物；財產

迷你情報　" my belongings " 本來是指零碎碎的所有物，引申用來表示自己的行李。初次和室友見面時，最好有一些約法三章的約定。因爲美國人通常喜歡一開始就自我要求。當對方說 " I hope you don't mind, I took the bed by the window." (我希望你不介意我選靠窗的牀。) 如果你認爲可以，就說 " Fine." 或 "That's okay." 如果不同意，就說 " Yes, I do mind." (是的，我介意。)

11　見舍監

> 儘管隨時來找我
>
> Feel free to come to see me any time.

宿舍內的設施及活動

　　有些學校宿舍沒有餐廳，這樣就得和其他宿舍合用餐廳。但是，有的宿舍則設備齊全，什麼都有，有游泳池，撞球場，體育館，電腦室等等。有的宿舍還有 *study break*，由住宿生輪流準備宵夜、點心，來解除讀書的疲勞。宿舍有時也會舉辦舞會或放映電影。學生可以安排時間，適時地讓自己的頭腦輕鬆一下。

流行口語

1. *Be your age*. 別孩子氣。

2. Don't try to *cash in* on me. 別想佔我便宜。

3. He is a regular guy. 他是個好人。

4. You are really *something*. 你真有一手。

5. I have *just about had it*. 我快無法忍受了。

6. I *beat my brains* out. 我傷透了腦筋。

實況會話

外國人 : You're Mei-mei, aren't you? Good to see you! I'm Susan, the Head Resident. Is there anything I can do for you?

　　　　你是美美吧？你好！我是這裏的舍監，蘇珊。有什麼事我可以爲你效勞的嗎？

中國人 : No, no thank you. I'm still getting settled.

　　　　沒有。謝謝你。我尚在安頓中。

外國人 : Okay. *Feel free to come to see me any time* if you need anything.

　　　　好吧！如果你有任何需要，儘管隨時來找我。

■ settle〔'sɛtl〕*v.* 安頓；使定居

迷你情報　通常在"head resident"（舍監）或"resident assistant"（宿舍輔導）的房間門上，貼有"Feel free to…"的句子。這是表示「不要客氣，請～」的意思。也可以用"Don't hesitate to…"來代替"Feel free to…"。「歡迎來找我」除了可以用"come to see me"之外，還可以用"stop by"或"drop in"。

12 外籍學生顧問 (1)

> **還好啦**
>
> I seem to be getting along somehow.

顧問和導師

　　在大一點的大學中，有專門照顧留學生的**顧問**，不論生活方面的困難或是簽證有關的問題，都可以找顧問商量。有些擁有數百名留學生的學校，還設有處理留學生入學許可的辦公室。而小一點的大學，雖然留學生的人數較少，但是，一切關於留學生的問題，均有導師負責。在美國，每一個學生，均有指定導師，所以，入學時，一定要和自己的導師談談。在小一點的大學中，因為導師所處理的學生不多，所以，即使沒有 *foreign-student advisor*，對於留學生也照顧得很**周到**。

流行口語

1. It's **too** good **to** be true. 好得令人不敢相信。

2. I have no choice. 我別無選擇。

3. Nothing serious. 沒有什麼了不起。

4. What the **heck**. 管他三七二十一。

5. You've been **cutting class** too often. 你課蹺得太多了。

6. Don't be a **wet blanket**！別潑冷水！

實況會話

外國人：Hello, Mei-mei！ How are things going？
　　　　嗨，美美！過得怎樣？

中國人：Well, *I seem to be getting along somehow.*
　　　　嗯，還好啦。

外國人：I know what you mean. But, don't worry. All
　　　　newcomers, even American students, find things
　　　　a little difficult at first.
　　　　我懂你的意思。但是，別擔心。所有新來的人，即使是
　　　　美國學生，在一開始的時候，多少都會覺得有點困難。

🔠 *get along* 進展　　somehow〔ˈsʌmˌhaʊ〕*adv.* 不知如何

迷你
情報

打招呼用"Hello！"或"Hi"。美國人在說完這句話之後，通常還會再
問"How are things going？"或"How are you doing？"（這句實
際上聽起來是 How ya doin'？）回答時，通常用"Okay."或"Good."。
也有人隨便回答說"I manage to survive."這是表示「得過且過」的意思。

13 外籍學生顧問（2）

新生訓練時，別忘了帶著它

Make sure you bring it to the orientation.

行事曆

academic calendar 是指大學全學年的**行事曆**。以某大學的 fall semester（秋學期）為例，8月20日是開放宿舍，21日是 placement test，22－23日是新生訓練，23日下午是學分登記，24日是正式上課。有些大學，為了讓導師在和新生交談時，知道新生的基礎學歷，而有 *placement test*。留學生最主要的考試還是英語考試。至於數學，中國學生的成績，通常都很高。

流行口語

1. Take your time. 慢慢來。

2. You are *kidding*. 你在開玩笑。

3. I know it's *a bad time* for you. 我知道你現在的心情不好。

4. It means *nothing* to me. 我一點都不在乎。

5. Don't *go off half cocked*. 別輕舉妄動。

6. I'm *all ears*. 我洗耳恭聽。

實況會話

外國人： There will be an orientation session this after-noon. 今天下午將有個新生訓練。

中國人： Could you tell me about the year's schedule? 你能告訴我一些有關學年行事曆的內容嗎？

外國人： We have an academic calendar. Here. ***Make sure you bring it to the orientation.***

我們有一份學年行事曆。這就是！新生訓練時，別忘了帶著它。

註 orientation〔ˌorɪɛnˈteʃən〕n. 認識新環境（使新生認識新環境、習慣等的指導）

academic〔ˌækəˈdɛmɪk〕adj. 屬於各級學校的

迷你情報

叮嚀別人時，可以用 " Make sure … " 的句型。在 registration（註冊）時，辦事員常會叮嚀學生說 " Make sure you put your last name first."（別忘了把姓放在前面。）也可以用 " Don't forget to … " 來代替。如 " Don't forget to spell out your first name."（不要忘了把名拼出來。）

14 用餐問題

> 別忽略了任何一餐
>
> Try not to skip meals.

宿舍用餐

　　通常星期四晚上，有很多學生外出，學校內的學生較少，所以，有些學校，就把星期五的早餐和午餐合在一起供應，叫做 *brunch*。也有些學校星期日是不供應用餐的。大部分的宿舍，都設有小厨房，可以做一些簡單的菜。

流行口語

1. It's *my turn* to treat you. 這次輪到我來請客。

2. You'll have to *bill* me. I am short of cash.
   我沒有帶錢，請你付帳吧。

3. *What kind* of food do you like? 你喜歡吃什麼菜?

4. *Go Dutch*. 各自付帳。

5. I can't *afford* it. 我買不起。

6. That's *plain home cooking*. 那是家常便飯。

7. I've had enough. I can't eat any more.
   我吃飽了，再也吃不下了。

實況會話

外國人： Meal times are listed here. ***Try not to skip meals*** — especially breakfast.

用餐時間就列在這裏。可別忽略了任何一餐——尤其是早餐。

中國人： Can we cook in the dorm rooms ?

我們可以在宿舍內烹飪嗎？

外國人： No, not in your rooms. But you can use the kitchen on the first floor.

不,不可以在你的房間內做飯。但你可以利用一樓的厨房。

註 skip〔skɪp〕v. 輕快地跳；跳讀

迷你情報

" Try not to … "是表示「最好不要…」的意思。"skip"本來是指「輕輕飛過」的意思,引申爲「略過；跳過」的意思。有時也用在「蹺課」的說法上。例：" Fred skips his English class very often."(弗雷德常常蹺英語課。)也可以用" ditch "來代替"skip"。如:" John ditched his class today."(約翰今天逃課。)

15 繳學費

你先請你的導師簽名

You get it signed by your advisor.

官僚形式主義

　　registration 是「註冊」的意思，但是，又稱為 *red tape*。red tape 是指**官僚形式主義**，這是因為綁公文文件的繩子，大都是紅色的。在美國大學的 registration 就是 red tape 的寫照。在註冊第一個步驟是 *bursar*（會計，也叫做 *cashier*），在這裏繳其他的學費，或是確認已繳的學費。有很多學生無法註冊，就是第一關就卡在這裏，例如，沒有繳保健中心的藥費，就無法通過，所以，要多留心注意。

流行口語

1. I know nothing about this. 關於這件事，我毫不知情。

2. The idea has just *crossed my mind*. 我剛剛想出了這個辦法。

3. I'll tell you what. 我告訴你怎麼辦。

4. That's your *problem*. 那是你自己的事。

5. Don't give me that bull. 別跟我胡扯。

6. I can manage on my own. 我自己能處理。

實況會話

外國人： I can't process this form until *you get it signed by your advisor*.

你的導師得簽了名我才能處理這文件。

中國人： But I just saw him and he told me he couldn't sign it until you initialed it first.

但是我剛剛碰見他，他告訴我說，你得先簽了姓名的首字母，他才能簽名。

📖 initial〔ɪˈnɪʃəl〕*v.* 簽姓名的首字母

🍄 迷你情報　「簽名」可以用 " get it signed by … " 或 " get it initialed by … "。在美國辦手續，一下要到這裏，一下要到那裏，所以很複雜。辦手續的要訣是，把該講的講清楚，不知道的事要問到清楚為止。例如，不曉得是否可以信用卡繳學費，就要說 " Will you accept my credit card ？ "

16 在銀行開戶

我想要開個活期存款的帳戶

I'd like to open a checking account.

活期存款和信用卡

在美國付帳，通常是用**支票**或**信用卡**來交易。所以，沒有開 *checking account* 的人，生活就會變得很麻煩。信用卡可以先在國內申請好再前往美國。像 *Master Card* 或 *VISA* 的信用卡，只要由家長申請，全家都可使用。在美國，信用卡的作用就像身份證一樣，如果沒有信用卡，就會產生很多的不方便。

 流行口語

1. That's a promise. 一言爲定。

2. He'll *live up* to his words. 他會遵守諾言。

3. I would if I could. 如果辦得到，我早就作了。

4. I get your point. 我懂你的意思。

5. Let's *call it quits*. 讓我們講和好嗎？

6. It's *hard to say*. 很難說。

實況會話

中國人： *I'd like to open a checking account.*
　　　　我想要開個活期存款帳戶。

外國人： Yes, ma'am. Would you fill out this form? How
　　　　much will your initial deposit be?
　　　　好的，女士。請你填寫這張表格。你的頭期存款是多少?

中國人： Two thousand and three hundred dollars.
　　　　二千三百元。

外國人： Yes, ma'am. Your checks will be ready in about
　　　　a week. 好的，女士。你的支票大約在一星期之內可以好。

▦ *initial deposit* 頭期存款

「銀行帳戶」叫做 " account "。除了有普通存款，定期存款之外，還
有使用支票的「活期存款」(" checking account ")。「存款」是
" deposit "，「提款」是 " withdraw "。「普通存款」是 " ordinary
account "，「定期存款」是 " time deposit " 或 " fixed deposit "。但是，
因爲每個銀行的體制各有不同，所以，名稱也不太一樣。

17 見導師(1)

你認爲我可以選修三門課程嗎

Do you think I can take three courses?

系上的導師

foreign-student advisor 是外籍學生顧問，但是有關系上各方面的問題，就要請教該系的 advisor 。有些系是從該系的助教中，選出來當 advisor 。因爲常和 advisor 接觸，所以，要時常和 advisor 保持連絡。進入研究所，或是就職時所需的**推薦函**，均要由 advisor 寫。選修學分的方式，如何選課等等，有關大小細節方面的問題，都可找 advisor 商量。

流行口語

1. Let me *sleep on* it. 讓我再考慮一下 。

2. What's *behind* you? 你究竟有什麼心事 ？

3. Look for trouble. 自找麻煩 。

4. You'll be sorry for this. 你對此事會後悔的 。

5. *Are you sick*? 你瘋了嗎 ？

6. I don't *buy your story*. 我才不相信你的鬼話 。

實況會話

外國人： Have you selected the courses you want to take？
　　　　你已選好你想修的課程了嗎？

中國人： I think so. Here's my slip. *Do you think I can take three courses*？
　　　　我想差不多了。這是我的選課單。你認為我可以選修三門課程嗎？

外國人： It depends what courses you take.
　　　　那要看你選修什麼科目了。

🔠 select〔sə'lɛkt〕*v.* 選擇；挑選

迷你情報　徵詢別人意見時，用"Do you think …？"（你認為～？）如果用"Don't you think …？"就顯得有些過分客氣，有時會變成很諷刺的話。另外，在敍述某些意見之後，輕輕地加一句"What do you think？"這是 conversation starter（會話的開始）。表達「你認為我應～？」用"Do you think I should …？"或"Don't you think I should …？"

18 見導師(2)

> 我想我可以應付得來
>
> I think I can handle it.

選 課

　　在選課之前，最好能先和導師商量了之後再作決定。大一時，大部分留學生的英語能力都不好，所以，應選**容易理解**的課程。數學、化學方面的科目，因為數字及符號多於文章，所以，很容易懂，應該不難。另外，還有**外國語**的選修，如：西班牙語、拉丁語、德語等等，這些選修科目，對於美國學生而言，都是剛開始學，所以，和他們一起學，不必擔心跟不上。至於像歷史、經濟學、心理學等科目，要等到熟悉了**美國的讀書方式**，以及英語能力增強之後，再考慮是否要選讀這些學分。

流行口語

1. You *asked for* it. 你自找麻煩。

2. I'll do my best. 我會盡力而爲的。

3. You'll *make* it? 辦得到嗎？

4. I don't think I can *handle* it by myself.
   我不認爲我能單獨應付這件事。

5. I'm *at a loss* as to what to do. 我茫茫不知道怎麼做才對。

實況會話

外國人： Are you sure you want to take Physics, Geography and Political Science all in one quarter？

你確定要在一季裏同時選修物理、地理、和政治科學三科嗎？

中國人： *I think I can handle it.* 我想我可以應付得來。

外國人： Well，I think that might be too heavy a course load. 嗯，我覺得那可能會是個相當重的課業負擔。

📖 quarter〔'kwɔrtɚ〕*n.* 季；一年的四分之一
load〔lod〕*n.* 負擔；負荷

迷你情報 「處理、應付」除了可用 handle 表達之外，還可用 " deal with " 或 " cope with "。如：" I don't think I can deal with this any more." （我不認為我還能處理這種狀況 。）" He is trying to cope."（他正試著處理 。）如果遇到很難處理的事，就說 " I think it's too hard for me."（我想那對我太難了 。）

19 見導師（3）

我想現在就結束課程

I want to get it all over with now.

一週的上課時數

在美國，通常一個科目，就有**三個學分**，所以，一個禮拜中有三個鐘頭的課。有的老師是一週上三次，一次上一個鐘頭；有的老師則是一週上一次，一次上三個鐘頭。一般學生一學期大概修十五到十八個學分，所以，單計算時間，一週只上十五到十八個鐘頭的課而已。也許台灣的大學生，會很羨慕美國的大學生。但是，他們的作業很多，而且**預習、複習**的時間占了大部分時間，最重要的，還是要靠自己多下功夫。

流行口語

1. It's **open** and **shut**. 此事非常簡單。

2. One day you have to **face** it. 總有一天你要面對現實。

3. What shall I do？ 我該怎麼辦？

4. I **agree with** you in principle. 原則上我同意你。

5. Don't **tease** me. 別尋我開心。

6. **There goes everything.** 一切都完了。

實況會話

中國人： I don't like science, so *I want to get it all over with now*.

　　　　我不喜歡科學這一門科目，所以我想現在就結束課程。

外國人： I don't think it's a good idea. I think you should start with what you like.

　　　　我不認爲這是個好主意。我想你應該從你所喜歡的開始。

中國人： Oh, I see. 噢！我明白了。

■ *all over with* 完畢；結束

"get it all over with"和"finish"的意思一樣。另外還有其他表示「結束」的慣用句："Are you through?"（你好了嗎？）如果有人這樣問你，你可以回答說"Yes, go ahead."（好了，請。）

20 準備課本

你知道嗎？你已經可以買你的課本了

You know what？ You can buy your
textbooks already.

提早買課本

　　在決定修什麼課之後，雖然還沒有開始上課，就可以**先買課本**。課本可以向學校內的 *co-op*（合作社）或 *bookstore*（書店）購買。幾乎每一科，都有幾十本書。在選修學分之前，可以先和導師商量之後再登記。在登記之前，就可以先準備好課本。不論如何，在正式上課之前，每一科的課本，至少要看上幾百頁左右。

流行口語

1. How did you *make out* ? 你做得怎麼樣了。

2. You get the point. 你說對了。

3. Don't do it *for the time being.* 暫時別做這件事。

4. Why wait till *the last minute* ? 為什麼要等到最後呢？

5. There you go again ! 你又來那一套了。

6. *It won't work.* 行不通。（沒有用。）

實況會話

外國人： ***You know what ? You can buy your textbooks already.*** 你知道嗎？你已經可以買你的課本了。

中國人： Really? But I haven't registered for the courses yet. 眞的嗎？但我尚未登記課程呢！

外國人： Yes, but you can get the books as long as you've decided what courses you should take.

　　　　是的，但是只要你已決定了所要選的課，你就可以先買那些書。

🈹 register〔ˊrɛdʒɪstə〕 *v*. 登記；註冊

迷你情報

有人常會有個口頭禪說：「你知道嗎？」，而美國人也是如此，要說句 " You know what ? " 才會進入本題。聽到對方這樣講時，可以回應說 " What ? "（什麼？）。更誇張一點，可以問說 " Guess what ? "

21 購買日用品

> 我想知道哪裏可以買到隱形眼鏡的清潔液
>
> I'm wondering where I can get
> contact-lens fluid.

美國雜貨店

　　美國的生活必需品很齊全，什麼都有。

　　"*Walgreen*" 是美國很有名的 drugstore 連鎖店，這些店剛開始只是賣些化粧品、藥、肥皂、清潔劑之類的東西，後來也賣馬鈴片、糖菓之類的點心，甚至也賣飲料。除了可以在 "Walgreen" 的連鎖店買到日常用品之外，在 *supermarket*（超級市場）也可買得到。

 流行口語

1. How did your shopping go？你買了些什麼？

2. Could you give me some **discount**？可以算我便宜一些嗎？

3. Can't you **take less**？少算點行不行？

4. You can't get it **cheap**！這個價錢最便宜不過了！

5. Do you want to **make a fast buck**？你想賺外快嗎？

6. I'm trying to **make ends meet**. 我試著使收支平衡。

實況會話

中國人： *I'm wondering where I can get contact-lens fluid.*
Would you know?

我想知道哪裏可以買到隱形眼鏡的清潔液。你知道嗎？

外國人： Yes. Go to "Walgreen." They're sure to have
some. Okay. I'll go there this weekend. Do you
want to come with me?

知道。到「渥爾格林」。他們那裏一定有。這樣吧，
這個週末我會到那裏。你願意跟我一道去嗎？

contact lens 隱形眼鏡   fluid〔´fluɪd〕*n.* 流體

迷你情報

如果一開始就很突然問說" Where can I get … ? "這會顯得很唐突。
很不禮貌。如果能加上" I'm wondering "感覺較溫和一些。" I'm
wondering where I can get … "的句子，用得很廣泛。get 之後可
以接很多字。問場所、地點，另外，也可以問說" Could you tell me where
… ? "

22 註 冊（1）

> 我想選「政治學101」的課
>
> I want to get into "Political Science 101."

註冊手續

　　決定了自己所要選修的科目之後，就要登記上課的時間，這就是 *registration*（註冊）。到自己所要選修的科目行列中，交出寫有**名字**和**學號**的卡片。有些時候，選課並不是很順利，若是熱門的的科目，一下就額滿了，還得匆匆忙忙地選其他科目。找到其他可選修的科目時，又怕會和原來選好的科目**衝堂**，所以，辦註冊有時候真的很麻煩。針對這一點，有規模較小的大學，導師會個別地指導學生，教學生如何選課，分配時間。

流行口語

1. I wish I could *do something*. 我希望我能幫忙。

2. I will see *what I can do*. 我看看能幫上什麼忙。

3. I don't know *what to say*. 我不知道該怎麼說才好。

4. I hope all *goes well*. 我希望一切都進行順利。

5. *You have my word.* 我向你保證。

6. That's *more like it*. 那還差不多。

實況會話

中國人： *I want to get into "Political Science 101."* But I'm afraid it's all filled up.

我想選政治學 101 。但是我怕已額滿了。

外國人： I took that class last year but I flunked it, so this year I have to take it again.

我去年修了這門課，但是被當了。所以今年我還得再修一年。

片 *fill up* 填滿　　flunk〔flʌŋk〕*v.* 考試不及格

迷你情報

「選課」通常是用 " take " ，若是在註冊前，也可用 " get into " 表達。在註冊時，通常都需要排隊。如果你所要選修的科目少，希望能早些完成註冊的話，就拜託前面的人，看看是否能插個隊。插隊在美國已經是司空見慣的事。你可以這樣說 " Excuse me, do you mind if I register ahead of you? I'm only taking two courses." 另外， " want to " 的發音，常常發成〔'wɑnə〕。

23 註 冊（2）

> 我最後一堂課到晚上九點才結束
>
> My last class gets out at 9:00 P.M.

各種上課時間

　　在美國大規模的大學中，並不是所有上課的時間都是一樣的，而且中午用餐的時間也不一定。有些課的後三十分鐘，和另一堂課的前三十分鐘重疊。所以，美國學生利用**借筆記、錄音**來上二堂，很會運用時間，但是，留學生最好查一下時間，避免選成衝堂。有些學生連吃午餐的時間都沒有，只好邊啃甜甜圈，邊上課。在課堂上也常看到邊喝咖啡，邊上課的學生。

 流行口語

1. My hands are full. 我忙透了。

2. It's not fair. 太不公平了。

3. Are you *all right*？ 你沒有問題吧？

4. I'm *together*. 我沒有問題。

5. The heck with it！算了！

6. You picked *a great time*. 你真會挑時間！

實況會話

外國人：Oh, my, my first class starts at 8:00 A.M.！
噢，我的第一堂課早上八點開始！

中國人：Don't complain. ***My last class gets out at 9:00 P.M.*** 別抱怨了。我最後一堂課到晚上九點才結束。

外國人：You think you've got it bad？ Two of my classes meet at the same time. I have to tape-record one while attending the other.

你認為你的情況很糟嗎？我有二堂課衝堂。當我在上其中一堂課時，我必須錄下另一堂課。

📖 tape-record〔,tepri'kɔrd〕*v.* 以錄音機錄音

迷你情報 「下課」可用" finish "，也可以用" get out "或" end "。在排隊等註冊時，若非得離開一下，可以請別人幫忙看一下位子，說" Will you hold my place in line while I go to the bathroom？"對方應該會馬上說" Sure."

24 學生證上的照片

我打賭十塊錢，他們照相沒有對焦

I'll bet ten dollars they don't focus the camera.

學生證

在美國的大學中，學生證就好像**通行證**一樣，到任何地方都需要這張證件。使用最頻繁的地方就是**圖書館**。在我國圖書館中，辦理借書的手續較為麻煩，必須在借書卡上填寫**書名**和**登記號碼**。在美國的大學圖書館借書，只須將學生證和所要借的書，一起交給辦事員。由他們直接用學生證上的**條型磁碼**輸入電腦，如此就完成借書手續了。另外，在 *gym*（**體育館**）中，使用各種器材設備，也需要用學生證。還有一些大學，學生證要接受檢查，才可以進校園。

流行口語

1. Please don't *pull my leg*. 別出我的洋相。

2. Nobody will believe that. 沒有人會相信那件事。

3. You want to bet? 你想打賭嗎？

4. It's *up to* you. 由你來決定。

5. *It's a deal.* 一言為定。

6. Just *as I thought*! 果然不出所料！

實況會話

外國人：***I'll bet ten dollars they don't focus the camera*** when they take ID pictures.

　　　　我敢打賭十塊錢，他們照學生證的照片時沒有對焦。

中國人：What do you mean？什麼意思？

外國人：My pictures always turn out funny.

　　　　我的照片結果看起來總是很奇怪。

■ focus〔ˊfokəs〕*v.* 集中於焦點

　turn out （結果）變成…

美國學生和我們一樣，他們也喜歡打賭。所以，他們常說 " I'll bet …" 。" bet " 這個字也可以用在實際的「賭注」上。當別人對你的話產生懷疑而說 " Really？" 或 " Are you sure？" 時，可以用 " I bet. " 來表示肯定。

25 上課的第一天

你已決定好要選修的課程嗎

Have you made up your mind about your courses ?

善用進度表

剛開始上課的一、二個禮拜,是**加退選**的期間。第一天所上的課是**概要**(*syllabus*),在這一天,可以拿到課程的進度表,以及列有本學期要交幾篇報告,有幾次測驗(exam),有哪些一系列**必讀書本**(*reading assignment*)的清單。所以,前一、二週最好都能出席,拿齊所有的 syllabus,整理出哪些較容易選讀的,最後才決定所要選修的科目。

流行口語

1. You're **tense**. 你太緊張了。

2. Get with it! 遷就一點吧!

3. It makes **no difference** to me. 我無所謂。

4. This is a matter of **life and death**.
   這是一個很重要的問題。

5. Don't **let me down**. 別讓我失望。

6. Are you **mad at me** ? 你是在生我的氣嗎?

實況會話

中國人：*Have you made up your mind about your courses*？
你已決定好要選修的課程嗎？

外國人：No. I'm still shopping around, looking at various classes. 還沒有。我還在努力地尋找，看看各種不同的科目。

中國人：What about Professor Robinson's Oriental History course？ 羅賓遜教授的亞洲史如何？

外國人：Yes. I heard it's an easy "A". 嗯。我聽說那門課很容易拿到A。

shop around 極力尋找（較好職位，或便宜貨等）
oriental〔orɪˈɛntḷ〕 *adj*. 亞洲的；東方的

迷你情報 剛開始上課，遇見同學總會寒喧幾句，交換一些心得，收集一些情報。有人會說 " I'm still shopping around."（我還在尋找。）" an easy A" 是指「容易獲得A的科目」。「聽說～」是用 " I hear...." 句型。

校園鐘響——
正式上課
Starting Classes

1) *I think I understood one or two points.*
　我想我懂個一、二點。

2) *I'm into Biology class.*
　我喜歡生物課。

(3) *I don't know how to prepare term papers.*
　我不知如何準備學期末報告。

(4) *You've been cutting class too often.*
你課蹺得太多了。

(5) *You have got to do something.*
你一定要想個辦法。

(6) *Take the meat and throw away the bread.*
要把握重點。

(7) *Can I borrow your notebook?*
我能借一下你的筆記嗎?

(8) *This sentence doesn't seem to make any sense.*
這個句子似乎沒什麼意義。

(9) *I disagree.*
我不同意。

(10) *I stayed up all night.*
我整晚熬夜。

(11) *I feel so burnt out.*
我覺得累透了。

(12) *Everybody's cramming.*
每個人都在猛K書。

26 圖書館

> 我怎樣才能參加呢
>
> **How can I join one ?**

運用圖書館

　　有些規模較大的大學圖書館，通常開放到晚上十二點，若是小一點的圖書館，也會開放到晚上十點。圖書館中也有專門的**打字室**，沒有打字機的人，還可以在那裏打字交報告。在參觀圖書館的活動之後，一有空就可以到圖書館內走走。平時能熟悉圖書館內的書目，在交報告時，就能馬上找到資料。不論什麼事，都能自己**親自動手**，**親眼看**，**親自走**一趟，這是學習上最重要的秘訣。

流行口語

1. You have **my word**. 我向你保證。

2. You have got to **do something**. 你一定要想個辦法。

3. Do you think so? 你認為這樣對嗎？

4. She always has the **last word**. 她總是喜歡枱槓。

5. It was me and **my big mouth**.
   都是我的大嘴巴惹的禍。

6. That's **my cup of tea**. 那正合我的胃口。

實況會話

中國人： Excuse me, could you show me how to use the index cards?

對不起，你能教我如何使用索引卡嗎？

外國人： There's an explanation posted there. But, you should join our library tour.

那裏貼有一張說明書。

不過，你應該參加我們的參觀圖書館活動。

中國人： Oh, that sounds like a good idea. *How can I join one*?

哦，那聽起來是個好主意。我怎樣才能參加呢？

📖 index〔'ɪndɛks〕*n.* 索引

迷你情報 " library tour " 是指「圖書館介紹」或「參觀圖書館」的活動。" tour " 並非只有「旅行」一個意思，在這裏是指「到處看看」的意思。幾乎每個學校在新學期的開始，都會舉辦這類的活動，為了將來查資料的方便最好不要輕易放棄認識圖書館的機會。(" You shouldn't miss it. ") 自己應主動地詢問參觀日期 " When is the library tour supposed to be? "

27 找 書

我好像找不到這本書

I can't seem to find this book.

找不到書時

　　如果找不到書，或是你所要的書已被借走了，就要到*Circulation*（借出）的櫃枱，填寫*Search and Recall Slip* 的單子，填好編號，書名，作者，裏面再填自己的名字、住址等。填好之後，投入特定的箱子中。幾天之後，辦事人員會通知你，書在什麼地方，被誰借走，幾天內對方會歸還。但是，有些時候，若是意外的遺失，就很難找到那本書了。有些設備再齊全一點，有*Reference Corner* 提供各方面有關圖書的詢問。如：**如何找書**，如何看懂圖書目錄等，都可在此詢問清楚。

流行口語

1. That's too bad！那真糟糕！

2. Is that so？真有那回事嗎？

3. What's *going on*？發生什麼事？

4. What's a better suggestion？還有什麼更好的辦法？

5. None of your games. 別要花樣！

中國人： I've looked and looked but *I can't seem to find this book.*

我找了又找，但是好像找不到這本書。

外國人： Well, I guess someone must have already checked it out. You can put in a " reserve slip."

嗯，我想一定是有人已經借走了。你可以寫張預借單。

中國人： A " reserve slip"? What should I do?

預借單？怎麼寫呢？

註 *check out* 出借

迷你情報　在圖書館中，常遇到這種情形，雖然書單上有的書，但是，在書架上卻找不到。此時，可以請敎辦事人員。在找不到書時，可以用" I can't seem to find...."，若要加強語氣，表示找了又找，就用" I looked and looked...."

28 借　書

> 我可以將這本書借出嗎
>
> **Can I check out this book?**

借書手續

　　美國的大學圖書館，大都已電腦化，所以借書的手續非常簡便。在我國，借書必需在借書單（slip）上，填寫**書名**（*title*）和**登記號碼**（*call number*）等等，這種借書的情形，在美國已不多見了。只要把書封面裏的條型碼，和學生證內的條型碼核對一下就辦好了。不管借幾本書，手續都一下就完成了。可以借幾本書是沒有限制，但是，通常以一學期的時間為期限。要續借時，再帶著學生證辦理續借的手續。

流行口語

1. *Take* it or *leave* it. 要不要隨你便。

2. You had better *make sure*. 你最好搞清楚點。

3. Don't *jump on* me. 別對我發火。

4. Do I have to *draw a picture*? 我說得還不夠清楚嗎？

5. He is really *past praying for*. 他真是無可救藥。

6. Everyone is *passing the buck*. 大家都在推卸責任。

實況會話

中國人：Excuse me, *can I check out this book*？
　　　　對不起，我可以將這本書借出嗎？

外國人：Sure. Show me your student ID card, please....
　　　　Okay. All set.
　　　　當然可以。請出示你的學生證…。好。一切都辦妥了。

中國人：Finished？ Is that all？ 都辦妥了？就這樣而已？

外國人：Yes. American technology, you know！
　　　　是的。美國技術你是知道的。

technology〔tɛk'nɑləʤɪ〕*n.* 方法；技術

迷你
情報
　　　　從圖書館書把書「借出」，是用 " check out "。借圖書館的書，很
少會用 " borrow " 這個字。想要借書時，就帶你所要借的書，到掛有
" Circulation " 牌子的櫃枱，辦理借書。有些書是「禁止外借」（
No Circulation），所以，在借書時，就問一下辦事員說 " Can I check
out this book？" （我能借出這本書嗎？）

29 圖書館中的詢問處

> "ME"代表緬因州
>
> "ME" stands for "the state of Maine."

圖書館借書連鎖

　　有些大學的圖書館，擁有龐大的**藏書量**。而有些學校的圖書館規模較小，連一份**定期的刊物**（*periodical*）都沒有。找資料若遇到這種情形，先不必氣餒。美國各大學的圖書館，有 *inter-library loan* 的連鎖。比如，在芝加哥大學找不到的資料，而附近的西北大學卻有，藉由這種連鎖，在二～三天之內，可以拿到影印本。有時要付工本費，有時是免費的。有了這種連鎖制度，幾乎掌握了全美圖書館的資料。但是，因為美國有**著作版權法**（*copy-right*），所以，所能影印的頁數，有一定的限制。

流行口語

1. What's the *big idea*？這是什麼意思？

2. I mean *what I say*. 我言出必行。

3. It doesn't *make sense*. 這說不通。

4. What are you going to do now？你究竟要做什麼？

5. *Save your breath*！別浪費口舌！

實況會話

中國人： I need to get this article. Which shelf should I go to?

　　　　我需要找這篇文章。我該找那個架子？

外國人： Oh!"*ME*"*stands for*"*the state of Maine*,"so this newspaper was published in Maine. But, we don't have it.

　　　　喔！" ME "代表緬因州，因此這份報紙是在緬因州發行的。我們這裏沒有這份報紙。

📓 article〔ˊɑrtɪk!〕*n*. 文章；條目

迷你情報　在美國，有很多的簡稱（ abbreviation ），尤其在書的目錄（ bibliography ）上，更常使用簡稱。而學生之間，也常用簡稱來稱呼科目。如：經濟學用" econ "（ economy ），政治學用" poly-sci "（ political science ），東方文明用" oriental civ "（ civilization ）等等簡稱。如果不知道該簡稱是什麼時，可以像這樣問："What does ' Blvd.' stand for ?"（ Blvd 是 Boulevard「大馬路」的簡稱）

30 第一堂課

> 今天所講的課我一點都不懂
>
> **I couldn't understand today's lecture at all.**

第一個考驗

　　有時候，期待已久的第一天上課，卻大失所望。因為雖然在課堂上很認真地聽，但是卻越聽越不懂。這是留學生所遇到的**第一個考驗**。聽課時，要盡力抓住老師所講的重點，讓自己的耳朵漸漸習慣老師講話的速度，這樣大致就沒問題了。

 流行口語

1. I know *a thing or two*. 我略知一二。

2. *Take* the meat and *throw away* the bread. 要把握重點。

3. You know the rules. 你該明白規矩。

4. The pleasure is mine. 是我的榮幸。

5. (Now,) come to *think of* it. 現在我想起來了。

6. I don't *catch your* meaning.
   我不懂你的意思。

7. I don't blame you. 我不怪你。

實況會話

中國人： Dr. Baker？ Excuse me, but I'm quite concerned.
I couldn't understand today's lecture at all.

貝克博士，眞抱歉，但是我很擔心。今天所講的課，
我一點都不懂。

外國人： You didn't understand the whole lecture？ Not
even a little bit？ 你全部都不懂嗎？即使一點點？

中國人： No, not at all. 是的，一點也不懂。

外國人： That's too bad. But, I doubt whether the Ameri-
can students understood it either！

那眞糟糕。不過，我懷疑那些美國學生，是否也不懂！

註 concerned〔kən'sɝnd〕 *adj*. 掛念的；憂慮的

迷你
情報

「一點也不懂」時，在句尾加 " at all "，如果是「幾乎都不懂」就
用 " I couldn't understand most of the lecture."，也可以用 " I
understood one or two points. "（我懂得一、二點。）表示積極
的肯定。在問問題時，最好能指出哪裏不懂。

31 與同學交談 (1)

> ### 不知你是否能幫我個忙
>
> I wonder if you could help me out.

學分和成績

　　我國的大學生，只要拿到規定的**學分數**，就可以畢業了。但是，在美國，要獲得畢業的許可，不是看學分數，而是看學分換算成**分數**（ *point* ）的成績好壞。也就是說，雖然取得很多學分，但是，若成績不好，可能就會遭到退學的處分。要畢業的基本分數，大學要在 C 以上，研究所則需要 B 以上的成績。如果有某個學期的平均成績未達到 C ，學校方面就會寄來**警告書**（ *probation* ）。在下一學期的成績，如果無法使上、下學期的平均成績達 C 以上，恐怕就很難畢業了。

 流行口語

1. Could you **do me a favor**? 你可以幫我一個忙嗎？

2. Give me a hand. 幫我一個忙。

3. Thanks for your help. 謝謝你的幫忙。

4. It's a **pleasure** to help you. 幫助你是我的榮幸。

5. I can **never thank you enough**. 我不知道怎麼感激你才好。

6. I'm **at your service**. 我隨時聽候你的吩咐。

實況會話

中國人： Excuse me, I had a little trouble following the lecture. *I wonder if you could help me out.*

對不起，在聽課方面我遇到了一些麻煩。不知道你是否能幫我個忙。

外國人： Sure. What do you need? You want to take a look at my notes?

當然可以。你需要什麼？想看看我的筆記嗎？

中國人： Ah! If you don't mind, I'll take a quick look.

哦！如果你不介意的話，我會很快地瀏覽一遍。

註 *take a look at* 看…（一眼）；看一看

迷你情報

"Could you help me out?"是比較俏皮地向人求幫助的講法，"out"是另外加上去的。如果用"....help me?"好像發生了悲慘的（miserable）事，所以被拜託的人可能會猶豫一下。但是，加上"out"感覺就是不一樣，被拜託的人，很容易回答。"Yes."前面加"I wonder if...."感覺更加客氣。

32 與同學交談（2）

我們何不一點一點地逐項複習

Why don't we go over it point-by-point?

求助的人選

　　剛開始上課，如果無法習慣老師的講課方式，就要請求班上成績較優秀的同學幫忙。每天上課時，準備一些**複寫紙**和**白紙**，請他們上課抄筆記。可是，自己上課時，也要作筆記，以免拿到別人的筆記參考時，卻看不懂內容在寫什麼。另外，也可以向**已修過此學分**的同學，借他們以前的上課筆記。

流行口語

1. Let me do it myself. 讓我自己來做。

2. You are the perfect one.
   你是最佳人選。

3. I hope *all goes well*. 我希望一切都順利。

4. *Where was I*? 我剛才說到哪裏？

5. I wish there was *something I could do*.
   但願我能幫得上忙。

6. He is *a Jack of all trades*. 他是個萬事通。

實況會話

外國人： Well, if you are really having trouble, I'd be happy to explain anything you don't understand.

嗯，如果你眞的有困難，我很樂意解說任何你不了解的地方。

中國人： Really？ I think I understood one or two points.

眞的？我想我懂個一、二點吧。

外國人： I think that's a good start. ***Why don't we*** go to the coffee shop and ***go over it point-by-point***？

我覺得那是個好的開始。我們何不找家咖啡店坐下，然後一點一點地逐項復習呢？

註 *point-by-point* 一個一個地

迷你情報 「複習」可以用" review "，也可以用" go over "。" go over "不僅用在讀書上的複習，也用在表示「過目」的意思。如：「過目文件」是" I'll go over this document."" point-by-point."

在這裏有「逐一抓重點」的意思。" Why don't we …."常用在會話上，有「邀請，勸誘」的意思。

33 借筆記

> 我能借一下你的筆記嗎
>
> **Can I borrow your notebook?**

競爭激烈的美國社會

　　美國學生，對於別人要向他們**借筆記**，相當敏感。因為美國是個**競爭激烈**的社會，從大學開始，他們就已經開始競爭比賽。所以，要向他們借個筆記，也許會被拒絕。但是，不必氣餒，此時，你可以強調說：「我是個留學生，在未來的美國社會中，我不是你的敵人。」或許這樣的一句話，會讓你有意想不到的收穫呢！針對這一點而言，一所規模較小的大學，一個年級約有三百人左右，學生之間彼此較熟識，也許較能借到筆記。

流行口語

1. Do to others before they do it to you. 先下手為強。

2. I know *how you think*. 我知道你在打什麼主意。

3. Don't *play games*. 別耍花樣了。

4. Don't take it too hard. 別太認真。

5. He's *all wet*. 他完全搞錯了。

6. Don't *be such an ass*. 別那麼固執！

實況會話

中國人： I didn't have time to take notes. ***Can I borrow your notebook***?

我沒有時間作筆記。我能借一下你的筆記嗎？

外國人： Well, I'll lend you what I have. But, it was hard for me, too. Professor Berkov speaks rather fast, doesn't he? 好呀，我把我有的借你。但作筆記對我來說也不是件易事。伯爾克夫教授說得相當快，不是嗎？

中國人： Yes, he sure does, and he uses difficult vocab-ulary. 是的，他的確說得很快，而且他使用艱難的字彙。

註 *take notes* 作筆記

迷你情報

單單只是借筆記而已，用 " Can I borrow your notebook?"，如果是要借來影印，就要用 " Can I borrow your notebook to make a copy? " 對方也許會答應說 " You can borrow what I have." 或者會說 " Let's ask Roger. He's a diligent note-taker." " a diligent note-taker " 是指「勤做筆記的人」。

34 以老師爲話題 (1)

> 這些天來我開始喜歡菲爾德教授
>
> **I'm into Professor Field these days.**

中美大學教授的比較(1)

中國有句俗諺說:「一日爲師,**終生爲父**」這是形容老師在中國人的心目中,具有很崇高的地位。現今的大學教授,仍具有相當大的**權威性**。但是,在美國,老師和學生卻是處於**平等的地位**。是以站在同樣的立場來一起研究學問。老師喜歡學生在課堂上,提出相反的意見來共同討論。這一點對於中國留學生,就有些苦惱。不僅是語言上的問題,有時是因爲「很怕如此提出來,不知會不會得罪老師?」的心理,而不敢發言。

 流行口語

1. That's *what you think*. 那是你自己的想法。

2. He is talking *through* his hat. 他在說大話。

3. What's *on* your mind? 你心裏想些什麼?

4. *It's nice* of you to say so. 謝謝你的讚美。

5. You are a *big mouth*! 你真是個大嘴巴。

6. He is *full of boloney*. 他滿口胡說。

實況會話

中國人： *I'm into Professor Field these days.*

這些天來，我開始喜歡菲爾德教授。

外國人： Why？為什麼？

中國人： I mean, check out the way she handles her life.
She's got four kids, teaches six classes and
somehow she does it all.

我的意思是，看一看她處理生活的方式。她有四個小
孩，要教六堂課，而她設法把全部的事都做好。

註 somehow〔'sʌm,haʊ〕 *adv.* 以某種方法

迷你情報 學生常常用得到" I'm into…."這個慣用語。"I'm into"之後，接
所喜歡的東西，或是所熱中、著迷的東西。例：「我喜歡生物課」是
" I'm into Biology class."。「我喜歡玩高爾夫球」是" I'm into
playing golf." 如果被人邀請參與你所喜歡的滑雪活動時，可以回答說"Sounds
great. I'm really getting into skiing." (聽起來不錯。我真的很喜歡滑雪。)

35 以老師爲話題（2）

有時候她令我很失望

Sometimes she bums me out.

中美大學教授的比較(2)

　　美國的大學教授，每年都必須**發表論文**，如果沒有提出論文，就無法站在講台上授課。在美國幾乎沒有所謂「**終身職**」（*tenure*）的教授。他們的任期從一年到三年不等。但是，通常在這一任期時，又得汲汲營營地尋找下一個安身之處。這也正是反映出美國是個競爭很激烈的社會的現象之一。

流行口語

1. Who is to *blame for* this？此事該怪誰？

2. She *makes me sick*. 我看到她就討厭。

3. Don't be so *fussy*. 別那麼挑剔。

4. You have *gone too far*. 你太過份了。

5. While I'm talking, don't butt in.
　　我說話的時候，不要插嘴。

6. It is the same old tale. 又是那一套。

實況會話

外國人：I think Professor Streeter is such a cool teacher.
She's also a really intense person.

我覺得斯徹特教授是個頗冷靜的老師。她也是位個性
強烈的人。

中國人：But *sometimes she bums me out*.

但是有時候她卻令我很失望。

外國人：Why is that？怎麼會這樣呢？

📕 *bum out* 失望；不高興

迷你 不一定所有的老師，都會讓你滿意。其中，也有些很令人失望的老師。
情報 美國人如果不喜歡一個人，會很清楚地表明。比如，他們會說" My
roommate bums me out."也會說" She really turns me off."
或是表示" I don't get along with him."或" I can't stand him."

36 以老師爲話題（3）

> 眞討人厭
>
> **That was a real drag.**

中美大學教授的比較(3)

在我國，只有老師、教授評論學生的成績。但是，在美國，學生也可以爲老師打分數、下評語。在學期末時，學生會拿到 *evaluation sheet*（**評論表**）。如果有教授把同樣的講義講二遍，學生就不能默不作聲。在評論表被評爲不好的教授，下學期就會被開除。所以，在美國當教授、副教授，決不輕鬆好混。

流行口語

1. Don't *put on airs*. 別擺架子。

2. I'm going to be *upset*！我要生氣了！

3. I can't *stand* it. 我受不了。

4. Don't be silly！別傻了！

5. Don't *boast*. 少蓋。

6. Stop *bullshiting* me. 少跟我廢話。

7. Don't overdo it. 別做得太過火。

實況會話

中國人： Professor Streeter's so scatterbrained! Last
week, she taught us the same lesson twice.
斯徹特教授真是心不在焉。上個星期，她把同樣的課
程重覆教了兩遍。

外國人： Yeah！ That's true！ 嗯！的確是。

中國人：*That was a real drag.* 真討人厭。

scatterbrained〔'skætɚ,brend〕*adj.* 頭腦散漫的；心不在焉的

迷你
情報

當很懊惱或很討厭時，最常用的一句話是 " That's a drag. " 這句話
用得很廣泛，尤其是在因某事而感到不愉快時，如：想要借的書借不到
時，或是房間的暖氣機故障時，都會脫口說出這句話。可以用 " bum-
mer " 來替換 " drag " 。

37 談論同學

> ### 安琪拉真是個天才
>
> **Angela is a real brain.**

美國學生

　　很多人認為，大學是在各種大考之後，踏進社會之前的**休息站**，甚至有人認為，大學是由你玩四年的好地方。但是，美國的大學生卻不這麼認為，他們可是非常地用功。尤其從**八〇年代**以來，美國成為一個競爭的社會，這些學生所關心的是，**年薪高**的職業，以及是否能爬升到更**高的地位**。所以，他們在學校就很在意獲得A的多寡。而且，要得到A的成績，必須有相當的實力才能獲得。

流行口語

1. He tried to *cash in* on me. 他想佔我的便宜。

2. What a *crummy* day！今天真不順心。

3. Please don't *cut in line*. 請別插隊。

4. *Do you have the time*？請問幾點？

5. Don't be *bashful*！別不好意思！

6. Don't be so *modest*！別太客氣。

實況會話

中國人： I heard Angela got straight A's last year.
我聽說安琪拉去年的成績全拿A。

外國人： Yes, that's true. I almost flunked my Biology class, but her notes rescued me.
是的，一點也不假。我的生物差點被當，幸好她的筆記救了我一命。

中國人： *Angela is a real brain.* 安琪拉真是個天才。

註 flunk〔flʌŋk〕v.〔美俗〕考試不及格
rescue〔'rɛskjʊ〕v. 解救；救出

迷你情報 大學生畢竟都頗重視成績的好壞。頭腦好的人，被稱為" brain "。我們稱之為「天才」。在上課時鋒頭很健的人叫做" kingpin "。
例：" He is a kingpin in his Biology class. "（他在生物課中是個紅人。）成績全是甲等是" straight A's "。「優等生」是" a straight A student "。而指成績不好，不及格用動詞" flunk "。

38 談報告

學期末的報告並沒有那麼難

Term papers are not that difficult.

助教制度

　　有一種專為外國學生設想的 *Tutor*（**助教**）制度。可以請英文系博士班的學生幫忙，也可以求助於本科系的學生。但是，有些學校並不怎麼積極推動這種助教制度，所以，還是得靠自己多跑**研究室**。不僅可以請這些助教檢查你所寫的英文句子，也可以請教他們如何寫合教授心意的報告。報告最好是用打字的。自己若沒有打字機，除了向室友借之外，還可多利用圖書館的打字室。

流行口語

1. She *steals the whole show*. 她搶盡風頭。

2. Give him *a break*. 給他一個自新機會。

3. I don't know *what's the matter with me*.
　 我自己也不知道怎麼搞的。

4. I don't want to *make a scene*. 我才不願出洋相。

5. Don't *get sarcastic*. 少說風涼話。

6. Don't *monkey around*. 別在這裏搗蛋。

實況會話

中國人： I don't know how to prepare term papers.
　　　　我不知如何準備學期末的報告。

外國人： ***Term papers are not that difficult.*** Study the
　　　　theme your professor gave you and then express
　　　　your opinion. 學期末的報告並沒有那麼難。先研究教
　　　　授給你的專題，然後表達你自己的意見想法。

中國人： Would you look at it when I get finished?
　　　　我寫完之後，你可以檢查一下嗎？

外國人： Sure. 當然。

📖 theme〔θim〕*n.* 題目；作文題

迷你情報　「並沒有那麼…」是用 " not that ～ " 來表達。例：" I'm not that rich."（我並沒有那麼富有。）" I can't play tennis that well."（我網球並沒辦法打得那麼好。）這個 " that " 只用在否定句和疑問句中。疑問句如：" Can you play the piano that well？"（你鋼琴可以彈得那麼好嗎？）

39 託人檢查報告

你能幫我檢查一下嗎
Could you look at it?

寫報告

　　美國人認為一份好的報告，是一開始就**先申述結論**，然後，再從**各個角度來**印證這個結論。不僅要提出正面的論點，還要提出其他反面的看法，再以正面的論點推翻反面的看法，最後再次下結論。剛開始若不習慣寫英文報告，可以用中文寫大綱，再用英文書寫。但是，若寫邏輯方面的報告時，最好下筆就要習慣用英文用法表達。

流行口語

1. *How have you been*？你近來好嗎？

2. How are you *getting along*？你近況如何？

3. *How is everything*？一切都好嗎？

4. How's your business？生意如何？

5. *How was I*？我表現得如何？

6. How do you like it？你覺得如何？

7. How did it go? 後來呢？

實況會話

中國人： I finally finished writing my term paper. ***Could you look at it*** and tell me if there are any strange expressions？我終於完成我的期末報告了。你能幫我檢查一下，並且告訴我哪裏可能有些不妥的措辭嗎？

外國人： Well, okay... This sentence doesn't seem to make any sense.

嗯，好呀…。這個句子似乎不太合理，沒什麼意義。

中國人： Oh！哦！

註 sense〔sɛns〕*n.* 意義；意味

迷你情報　原本請求別人幫忙時，加個 please 顯得較有禮貌，但是，如果請別人幫你看英文稿，只說聲 " Look at it, please." 就顯得很粗魯。若用 " Could you....？" 的句型，則會給別人好的印象。如果別人用此句型問你，回答時，要用 " Could I？" 例如： " Do you want to look at my notes？" " Oh！Could I？"

40 提出相反意見

我不同意
I disagree.

積極地發言

　　美國大學的上課方式是，以**學生們彼此談論**為中心，老師只是處於**輔導**的地位。很少有整堂課，均由老師演獨角戲的情形。學生若上課一直不發言，只會被認為是 " *stupid* "。中國留學生剛開始也許不習慣上課發言，但是，還是要儘量把握可以發言的機會。尤其當教授、同學談到有關中國、台灣的問題時，更要**積極地發言**。

 流行口語

1. You're wrong. 你錯了。

2. I don't subscribe to that idea. 我不贊成那個意見。

3. *That's bunk*！ 胡說八道！

4. You're full of it. 你在胡說八道。

5. I don't *hold that view*. 我不抱持那種想法。

6. That's *a bunch of boloney*！ 一派胡言！

實況會話

中國人: *I disagree*. I don't think Taiwan is such a rich country.

　　　　我不同意。我不認為台灣是個如此富有的國家。

外國人: Well, the statistics show that Taiwan has the second highest GNP in Asia.

　　　　嗯，根據統計顯示，台灣在亞洲中擁有第二高的國民生產毛額。

中國人: Yes, but our houses are so much smaller than yours.

　　　　是的，但是我們住屋比起你們的要小得多了。

statistics〔stə'tɪstɪks〕*n.* 統計

迷你情報

表示「反對意見」時，可以說 " I completely disagree with you." 講這句話時，並不是不尊重對方，純粹是針對問題在討論。所以，在說這句話時，最好能提出有力的理由。

41 通宵趕作業

> 我整晚熬夜
>
> **I stayed up all night.**

有效率地讀書

　　對留學生而言，每天要**有效率地讀書**，是基本的生活態度。每天**按時**睡覺，**定時**用餐，如此，一天努力地讀書就不容易疲憊。可以把晚上讀書的時間分為，七點～八點整理筆記、作習題。九點～十點準備要考試的科目。再有時間，才讀其他的書、或和室友聊天輕鬆一下。星期六下午可安排為娛樂時間，或作其他特別計劃，或是利用時間讀其他科目。星期天繼續進行特別計劃，或和朋友對話、讀書。到了晚上八點～十點，作一些下週課程的重點預習。

流行口語

1. You ***think too much*** of me. 你太高估我了。

2. ***Go celebrate.*** 好好慶祝一下。

3. Let's ***change the subject***. 讓我們換個話題吧。

4. What are you ***selling***? 你在搞什麼名堂？

5. Don't ***turn tail***. 別溜了。

6. He is ***a man of ideas***. 他是個點子很多的人。

實況會話

中國人： *I stayed up all night* to finish my assignments.
我整晚熬夜完成了我的指定作業。

外國人： I wish I could say that, but I fell asleep.
我希望我也有資格那樣說，但是我睡著了。

中國人： Oh, I feel so burnt out.
噢！我覺得累透了！

assignment〔ə'saɪnmənt〕 *n.* 派定工作
burn out 燒壞；疲憊透頂

 表示「我整晚熬夜」，最常用的句型是 " I stayed up all night." 除了這個用法，還可以說 " I didn't get much sleep." 或 " I pulled an all-nighter."

42 期末考

每個人都在猛 k 書
Everybody's cramming.

考卷帶回家的考試

　　take-home exam 是指帶回家作解答的考試。期限大約一天到五天左右,有點像寫報告。但是和寫報告不同的是,報告,只要在公佈題目之後,開始著手收集資料、整理,就可以了。而 take-home exam 因為從拿到題目到交考卷的**期限很短**,所以,在考試之前,就必須把書讀到某一個程度,甚至還得自己先模擬一番。至少,也要把圖書館中相關的書找出來,留在自己手邊。有些學生,一拿到題目,日夜都守在圖書館,甚至到了廢寢忘食的地步,才能交出考卷。

流行口語

1. I'm at *the end of my resources*. 我現在是山窮水盡。

2. I'll talk to you later. 以後再跟你聊。

3. The joke *has gone too far*. 玩笑開得太大了。

4. You had better buckle down! 你最好多用心!

5. It's all *double talk*. 全是花言巧語。

6. We're *even now*. 我們扯平了。

實況會話

外國人：Wow！Time sure flies．It's already finals．
哇噻！時間過得真快。已經要期末考了。

中國人：Yeah．*Everybody's cramming*, but I don't know where to begin！
是啊。每個人都在猛 K 書，但是我卻不知從何開始！

外國人： I sure was lucky this semester. All my courses are *take-home* exams．But, I haven't started yet．
這學期我蠻幸運的。我全部的科目都是帶回家寫的考試。可是，我還沒開始寫呢。

註 cram〔kræm〕*v*. 填塞；〔俗〕匆匆記誦

迷你情報 在作最後衝刺時，死背強記的讀書，就是用動詞 " cram "。例：" I have to cram for the exam today." （我今天必須為考試而拼命猛啃書。）" cram school " 是指補習班。

43 考試時使用字典

考試時可以使用字典嗎

**Is it okay to use a dictionary
during the exam?**

考 試

考試的題目全是英文，有些教授能體會外國學生用英文作答的困難，所以，至少會答應你帶**中英字典**。但是，至少要在考試之前，取得教授的**許可**，才能帶字典考試。遇到考試題目有問題，考試時間也許會**延長**。另外，如果拜託教授，也許因為外國學生的關係，可以多出半個小時或一個鐘頭的時間作答。

流行口語

1. Everything *fell into my lap*. 一切順利。

2. *Fill* me *in* on what I have missed.
   請補充一下 我遺漏的部分。

3. Could you *follow* what the teacher said in class?
   在課堂上，你跟得上老師所講的課嗎？

4. You can get promoted as long as you *keep your nose clean*. 只要你避開麻煩，就能升級。

5. When things *go wrong*, smile. 當事情不如意時，要處之泰然。

實況會話

中國人： *Is it okay to use a dictionary during the exam*？
考試時可以使用字典嗎？

外國人： Sure. But you haven't written any notes in it,
have you？
當然可以。但你沒有在裏面作任何筆記吧，有嗎？

中國人： No, of course not. 沒有，當然沒有。

📖 *write notes* 作記號；作筆記

迷你
情報
當考卷發下來時，如果學生都很安靜，老師就會以爲大家都沒問題，
考試就開始。所以，若有疑問，要儘快提出來。句型可以用 " Is it
okay to…? "（可以…嗎？）除了問是否可用字典之外，附帶也問
看看「是否可以延長時間」句型如： " May I have another 30 minutes？"
或 " Could you give me 30 minutes more？"

宿舍花絮—
住宿生活
Dorm Life

(1) *It's a good way to meet people.*
　　這是個認識朋友的好方法。

(2) *You bet I'll go.*
　　我當然會去。

(3) *Yummy!*
　　好棒！

CHAPTER 5

(4) *Hey, don't get too excited.*

嘿，別太激動。

(5) *Let's get a bite.*

我們隨便吃點東西吧。

(6) *Fast food makes me sick.*

速食令我倒胃口。

(7) *Can't you be a little less noisy?*

你不能安靜一點嗎？

(8) *Sounds familiar!*

聽起來很熟悉！

(9) *What's eating you?*

你在煩什麼事？

44 參加社團

這是個認識朋友的好方法

It's a good way to meet people.

社團活動

　　剛開始上課的第一個禮拜，是社團**吸收新團員**的期間。每個學校的社團時間不太一樣，但是，大部分都是在一天的課程全部結束後，傍晚到晚上的時間。所以，在美國，社團是屬於 *residential type*（**住校的型式**）。學生們在結束一天課程，回到宿舍，吃完晚飯，然後，再到校園中參加活動。此時，也許在同一時間，有很多的社團在同時進行活動。所以，剛開始時，不必急著要固定參加某一個社團，可以到處觀摩看看，再作決定。

流行口語

1. Maybe you have *learned your lesson*. 你也許已經得到教訓了。

2. So what else is new？還有什麼新鮮事？

3. I know her *from way back*. 我打從很久以前就認識她了。

4. Let's *get it straight*. 讓我們把話說清楚。

5. He has *a wide circle* of friends. 他交遊廣闊。

6. I want to *be your friend*. 我想跟你做朋友。

實況會話

外國人： Mei-mei, we really want you to join our chorus
club. Why don't you come to today's rehearsal?

美美，我們很希望你能加入我們的合唱社團。你何不
來參加今天的練習？

中國人： Well, I was thinking about joining a club.

嗯，我也想過要加入一個社團。

外國人： Good. And *it's a good way to meet people*.

好極了。這是個認識朋友的好方法。

註 chorus〔'korəs〕*n.* 合唱團

rehearsal〔rɪ'hɝsḷ〕*n.* 演練；（戲劇、音樂等的）預演；練習

迷你
情報

如何結交新朋友，是進大學的第一件大事。所以，在決定住宿時，可
以這樣說 " I think it's easy to meet people in this dorm."
（我想在這宿舍很容易結識朋友。）或說 " This is a good place
to make friends." （這是一個交朋友的好地方。）若不是如此，可以說 " I
need a more friendly atmosphere." （我需要一個更友善的氣氛。）

45 宴會邀請

去參加「菲西達」宴會怎麼樣

What do you say about going to the " Phi Theta " party ?

兄弟會、姊妹會

　　在美國的大學中，學生們為了增進彼此的感情，組成一種社團，若是男學生組成的，稱之為**兄弟會**（ *fraternity* ）；女學生組成的，則稱之為**姊妹會**（ *sorority* ）。這些社團通常用希臘文命名，所以，又稱為 Greek。要入會資格限制得很嚴，不僅功課要好，其他方面也要很優秀的學生才可以入會。在新學期開始九月左右，他們會舉行招收新會員的晚會或同樂會，叫做 *rush party*。每個社團均會傾全力，來吸引希望加入的新生，而每個新生也都竭盡所能地一展所長，以爭取入會。

 流行口語

1. Be careful. We can't *take any chances*.
　　小心，我們冒不起任何風險。

2. She went to that party *with bells on*. 她盛裝參加那個宴會。

3. *You bet* I'll go. 我當然會去。

4. I think you know better than I do. 我想你比我更清楚。

實況會話

外國人： Mei-mei, ***what do you say about going to the " Phi Theta " party***？

美美，去參加「非西達」宴會怎麼樣？

中國人： " Phi Theta "？ What's that？「非西達」？那是什麼？

外國人： It's the top sorority on campus. They're taking pledges. If you want to join, you go to the party.

那是本校最好的姊妹會。他們將要宣誓。如果你想要加入，就去參加宴會。

📖 sorority〔səˈrɔrətɪ〕*n.* 姊妹會　　pledge〔plɛdʒ〕*n.* 誓約；誓約

迷你情報

邀請別人「要不要去～？」的句型有很多。" What do you say about going...？" 的句型很常用。另外的句型還有 " How about going...？" 和 " Why don't we go...？" 如果對方很殷勤地邀請，還會再加上一句說 " Let's go. It's fun." （一起去吧，很好玩哦！）

46　參觀朋友的房間

你的房間保持得真乾淨整潔

You keep your room so clean and neat.

曲棍球

　　曲棍球，起源於美國印第安，經由移民來的法國人改良，而有目前的比賽形式。現在在加拿大、美國和澳洲，都還很流行這種運動。一隊有十個球員，隊員要用球桿，把球射入對方的球門中，這才算得分。曲棍球不像足球、冰球那麼激烈又有危險性。玩曲棍球也比較不容易受傷，即使受傷了，也不會太嚴重。這就是曲棍球的優點。

流行口語

1. He took a **French leave**. 他不告而別。

2. What **keeps you so busy**？什麼事情使你這麼忙？

3. What's **eating you**？你在煩什麼事？

4. I have **a long way to go**.
　我還有長長的路要走。（要做的事情還很多。）

5. I'll be **in touch with you**. 我會跟你連絡。

6. There's nothing to it. 這很簡單。

實況會話

中國人： Hello, Jenny. Wow! ***You keep your room so clean and neat.***

嗨，珍妮！哇！你的房間保持得真乾淨整潔。

外國人： Well, thanks for the compliment.

謝謝你的誇獎。

中國人： What's this？ 這是什麼？

外國人： It's for lacrosse. Do you play lacrosse in Taiwan？ 那是用來打曲棍球的。你們在台灣打這種球嗎？

图 compliment〔ˈkɑmpləmənt〕 *n*. 恭維；稱讚
lacrosse〔ləˈkrɔs〕 *n*. 曲棍球

迷你
情報
美國人，尤其是女性常用 " neat " 來形容「乾淨」、「整潔」。（英國人卻不常用此字，較常用 " tidy "）" neat " 的相反詞是 " messy "，這是指雜亂無章。名詞形是 " mess "，表示「抱歉房間很亂」用 " Sorry that the room's a mess." 在年輕人的口中，" neat " 是表示「很棒的」。

47 被邀看球賽

聽起來很棒
Sounds great.

美式足球

　　在美國最受歡迎的運動，不是網球也不是高爾夫球，而是棒球、籃球和**美式足球**。但是，如果問男孩子最喜歡的運動是什麼，他一定回答：美式足球。每年10月到隔年的1月是足球季。在這期間，如果有*Super Bowl*（全美足球選手大會）的決賽，學生們就有人連期中考也不準備了，守在宿舍的電視機前，觀看並且為自己所喜愛的隊伍加油。若是自己學校的隊伍參加比賽，還有人成群結隊到現場加油。

流行口語

1. That's *famous*. 好極了。

2. *Beautiful*！棒極了！

3. Hey, don't *get too excited*. 嘿，別太激動。

4. Let your *hair dry*！你別神氣！

5. *No great shakes*！沒什麼了不起！

6. That's hot. 那東西真棒！

實況會話

外國人：Hi. Let's go to the football game tomorrow, okay？嗨。我們明天去看美式足球賽，好嗎？

中國人：*Sounds great*. And exams are finally over... 聽起來很棒！而且考試終於結束了…。

外國人：Yeah. Then, I'll pick you up at ten, okay？是呀！那麼，我十點去接你，好嗎？

📘 *pick up* 接載

迷你情報

"Sounds ～ ."用得很廣，而最常用的就是"Sounds great."。其他如果指很有趣的情況，就用"Sounds interesting."（聽起來很有趣），若是指有關菜食方面的談話，就用"Sounds delicious."（聽起來很好吃），如果被人邀請參加舞會，可以用"Sounds fun."（聽起來很好玩。）

48 宿舍宴會

味道好極了！好棒！

Absolutely delicious！Yummy！

國際節

International Day 是在宿舍所舉辦的**宴會**。來自各國的住宿生。拿出自己國家最有名的菜肴，來供大家品嚐。

在美國，可以嚐到正規（*regular*）的美國菜，也可以嚐到頗具民族色彩的菜肴。**美國式的烹調方法（*American cuisine*）**是一下子就把肉、蔬菜和調味料放入鍋中，熬煮三十分鐘左右。

一般學生喜歡吃簡便的食物，像**PBJ 三明治**之類的食物。是 *peanut butter* 和 *jelly* 夾成的三明治，這種可以說是美國式的食物。

 流行口語

1. I always like *a happy ending*. 我喜歡喜劇結局。

2. I'll *drink* to that. 我要為那件事乾杯。

3. Let's *get a bite*. 我們隨便吃點東西去吧。

4. I'm *on a diet*. 我正在節食。

5. I'm *stuffed*. 我吃得好撐。

實況會話

外國人：***Absolutely delicious！Yummy！*** It's the best
International Day I've been to.
味道好極了！好棒！這是我所參加過最棒的國際節了。

中國人：But this curry is really hot.
但這咖哩醬實在是很辣！

外國人：Oh really？ Let's try your curry next, Mei-mei.
哦，真的嗎？我們來嚐嚐你的咖哩，美美。

註　absolutely〔ˈæbsəˌlutlɪ〕*adv.* 絕對地
yummy〔ˈjʌmɪ〕*interj.* 用以表示滿足愉快之感嘆詞（尤指品嚐美味後）

迷你
情報　通常表示「很好吃」是用 " This is good. "。而用 " delicious " 是指
「非常的好吃」。一般較常用 " This is good. " 和 " This is very
good. " 來形容。另外， " Yummy. " 這個感嘆詞，也用得很頻繁。
在中小學生的午餐時間，常聽到 " Yummy. " 的呼聲此起彼落的。

49 喝啤酒

在那裏最受歡迎的啤酒是什麼

What's the most popular beer over there?

大學生活和啤酒

在外國，啤酒已經不算是酒，而是屬於**飲料**。在美國的大學生活中，也和啤酒脫離不了關係。他們常常三兩個人，聚在一起聊天、討論功課時，總不忘**以啤酒當解渴的東西**。所以，當你想串門子時，不妨帶著啤酒前去敲門。

 流行口語

1. What's your *favorite*？你最喜歡的飲料是什麼？

2. What's your *pleasure*？你最喜歡喝什麼？

3. What do you *wet your whistle with* here？
   在這裡你要喝什麼酒？

4. What is the people's choice？人們都喝什麼？

5. What are you drinking？你在喝什麼？

6. What's the *fave-rave* beer here？
   這裡人們最喜歡的啤酒是哪一種？

   ＊fave-rave 是 favorite 的變音。

實況會話

外國人：Do you have "Budweiser" in Taiwan?
在你們台灣有「百威啤酒」嗎？

中國人：Of course we do. You can get almost anything in Taiwan.
當然有。在台灣你幾乎可以買到任何東西。

外國人：Oh? Then *what's the most popular beer over there*？哦？那麼在那裏最受歡迎的啤酒是什麼？

中國人："Taiwan Beer." It's the only locally produced beer.「台灣啤酒」。它是唯一當地生產的啤酒。

🈑 locally〔'lokəlɪ〕*adv.* 在當地；在本地

迷你情報　美國有很多很有名的啤酒，但是，每一種的評論各有不同，這就是 "different people, different taste"（每個人的口味不同。）中國人喝酒時，喜歡「乾杯！」，在英語中有幾種特別的口語用法，如："Cheers!"，"Bottoms up!"，"Here's mud in your eye."，"To your health,"，"Here's looking at you."

50 看電影

今晚學生活動中心演史匹柏的電影

They're showing a *Spielberg* movie at the student hall tonight.

放映電影

　　大部分的美國人都喜歡看電影。學生一有空,也大都以看電影作為消遣。一到星期六,學校大概會放二、三部舊片,五部左右的新片。不論是新片或舊片,都是在晚上放映,所以,用完晚餐,再決決定看哪一部應還來得及。

流行口語

1. There's *a nice flick showing* tonight. 今晚有一場好電影。

2. Let's go *check out a flick*. 我們去看電影吧。

3. There's *a picture show* tonight. 今晚有一場電影。

4. Let's see a movie tonight. 我們今晚去看場電影吧。

5. What do you say to a movie? 看場電影如何?

6. Shall we *view a film*? 我們去看場電影好嗎?

實況會話

外國人：***They're showing a** Spielberg **movie at the student hall tonight.** Let's go.*

　　　今晚學生活動中心演史匹柏的電影。我們去看吧。

中國人：Oh? What's the title?

　　　哦？片名是什麼？

外國人：It's called "Purple Color."

　　　叫做「紫色」。

中國人：Oh, you mean "The Color Purple."

　　　哦，你是說「紫色姊妹花」。

📖 purple〔'pɝpḷ〕 *n.* 紫色；*adj.* 紫色的

迷你情報　「正放映（演）～電影」的句型，一般都是用" They're showing…movie." 如果接受邀請，想要去，就說" That's the movie I want to see." 如果沒興趣，可以說" Sorry, but I'm not interested."

51 美國食物

> 我吃膩了美國食物
>
> **I'm tired of eating American food.**

美國飲食

　　美國人的早餐通常很豐盛，有巧克力或花生的甜甜圈（*dough-nuts*），還有蛋糕、荷包蛋、臘肉、牛奶等等。中午就吃比較**簡便的食物**，如：漢堡、三明治、薯條、甜點之類的食物。晚餐就吃**葷食**，像牛排，還有馬鈴薯、奶油麵包，甜點則有蛋糕、冰淇淋。因為美國氣候乾燥，容易口渴，飲料大多是可樂。像這類**高卡路里**的食物，很容易讓人發胖。所以最好準備磅秤控制體重，一發覺有過胖的危險，就要趕快控制飲食（*on a diet*）。

流行口語

1. *After you*. 你先請。

2. *As dull as* dish-water. 像洗碗水一樣乏味。

3. Let me *buy you a drink*. 讓我請你喝一杯。

4. *Eat up*. I'm paying for it. 把它吃光。我是付錢買的。

5. Fast food *makes me sick*. 速食令我倒胃口。

6. *I've had enough*. I can't eat any more.
   我吃飽了，再也吃不下。

實況會話

中國人 : *I'm tired of eating American food.*

　　　　我吃膩了美國食物。

外國人 : Oh, poor Mei-mei！I feel sorry for you. But American food isn't that bad.

　　　　哦！可憐的美美！我為你感到難過。但是美國食物並不是那樣糟的。

中國人 : I wish I could eat cold *tofu* or something Chinese once in a while.

　　　　我希望偶爾能嚐嚐冷豆腐或是一些中國食物。

once in a while 偶爾；有時

表示「對～感到厭倦」用" be (get) tired of... "的句型。例:" I'm tired of hearing his complaints. "（我聽膩了他的抱怨。）如果是表示「極其地討厭」就用" be sick of... "句型。很睏，想睡覺是用" I'm tired. "而不是用" I'm sleepy. "

52 拒 絕

> 眞抱歉，但是我實在不能去
>
> **I'm sorry, but I really can't.**

成 績

　　在美國的學校成績，是以 A、B、C 來表示。*Grade Points*（成績點數），也有用 4，3，2，1 的數字來表示。這之間的分數關係是 100～90 分＝A＝4，89～80 分＝B＝3，79～70 分＝C＝2，69～60 分＝D＝1。59 分以下是 F（Failure）＝0。嚴格地說來，Grade Points 是把成績乘以學分數（通常一個科目有三學分），然後，把每一個科目的 Grade Points 加起來，再除以總學分數。而所得的值就是 *Grade Point Average*（*GPA*＝**成績平均值**）。GPA 的分數如果不錯，每學期或畢業時，會受到 *Honor*（**優等**）的表揚。

流行口語

1. I'm **not in the mood** to go. 我沒心情去。

2. I **feel blue** today. 我今天心情不好。

3. Don't **annoy** me. 別惹我。

4. **How could** I say no? 我怎能拒絕？

5. **It's about time**. Let's go. 是時候了，我們走吧！

實況會話

外國人：Come on, Mei-mei, come to the movies with us.

　　　　來嘛，美美，和我們一起去看電影。

中國人：*I'm sorry, but I really can't.* I have a big exam next week. And I have to cram.

　　　　真抱歉，但是我實在不能去。下禮拜我有個大考，我得拼命地 K 書。

外國人：Oh, what a grind！Come on！You can just skim your notes.

　　　　噢！好用功喔！來嘛！你只要瀏覽一下筆記就好了。

註　grind〔graɪnd〕*n.*〔口〕刻苦用功的學生；死用功的學生
　　skim〔skɪm〕*v.* 草草閱讀

在考試之前，將講義或筆記，從頭到尾很快地瀏覽一下，在英文上是用 "skim" 來表達。例："What you should do is to skim through the textbook."（你應該做的事就是把教科書瀏覽一遍。）

53 要求安靜

你不能安靜一點嗎

Can't you be a little less noisy?

宿舍的生活

　　一個大學的校園，就像一個**小城鎮**，有教室、研究室、體育館、禮堂、學生宿舍、教職宿舍等等，分散在各個角落。每天的生活大部分是，一大早起床，在宿舍的餐廳用餐，走路到教室上課，當一天的課程結束後，再走幾分鐘的時間到圖書館，大約在十點左右，回宿舍休息。這種生活雖然很**單調**，但卻是最好的讀書環境。

 流行口語

1. *Hold it down*！安靜一點！

2. Put a lid on it！停止吧！（把蓋子蓋上吧！）

3. You're a bit noisy. 你太吵了點。

4. OK, let's *cool it a bit*. 好了，冷靜一點吧。

5. Keep it down to a dull roar. 把聲音壓低。

6. You'll *wake* the neighbors. 你會把鄰居吵醒。

實況會話

中國人 : Kathy, please. It's study hour. *Can't you be a little less noisy*?

　　　　凱西，拜託！現在是讀書時間。

　　　　你不能安靜一點嗎？

外國人 : Oh. I didn't think I was bothering you.

　　　　哦。我不覺得我吵到你了。

中國人 : Well, it takes me a lot longer to study.

　　　　嗯，那噪音使我得花更多的時間來唸書。

外國人 : Okay. I'll go down to the lounge.

　　　　好吧。我到下面的休息室。

📖 lounge〔laʊndʒ〕*n.* 休息室

迷你情報　請別人把音響的音量關小，除了用上面的句子之外，還可以用 "Will you turn down your stereo？"（你可以把音響轉小聲嗎？），或者更強硬一點地說 "Turn off the radio."（關掉收音機）。在美國如果不說話，就表示「默許，默認」。

54 名人訪校

> 喔，珍芳達，我聽過她的大名
>
> **Oh, Jane Fonda. I know of her.**

學生會

　　在美國的大學中，有學生所組成的 "*student government*"（**學生自治委員會**）。許多活動均由學生委員會來舉辦，例如，在校園內放映**電影**，邀請歌星或演員來參與活動。或是邀請其他大學的教授、名人，到學校來發表**演講**。除了文化活動之外，有時也舉辦到附近的**觀光旅遊**，或開**運動會**。

流行口語

1. I've *heard of* her. 我聽說過她。

2. Her name *rings a bell*.
   她的名字喚起我的記憶。（她的名字聽起來很熟。）

3. We have mutual friends. 我們有共同的朋友。

4. *Sounds familiar*! 聽起來很熟悉！

5. I can't say as I remember. 就我記憶所及，我無法確定。

6. Wasn't she in "On Golden Pond"? 她是不是演過「金池塘」？

實況會話

外國人： Jane Fonda is coming to our campus today.

今天珍芳達要來我們學校。

中國人： Who? 誰？

外國人： You mean you don't know of Jane Fonda? She's a famous singer and actress and well known as an activist.

你是說你不知道珍芳達？她是位很有名的歌星、演員，而且也以活動家爲人所熟知。

中國人： ***Oh, Jane Fonda. I know of her.***

喔，珍芳達。我聽過她的大名。

註 activist〔'æktɪvɪst〕*n.* 實踐主義者；活動家

迷你情報 用“You mean”當句首，含有反問對方：「眞的嗎？」的語氣。用“know...”是指「（直接）認識」，但是用“know of...”則是指「（聽某人說過的）知道」，這個“know”單單只知道名字而已，而不知道對方的個性或人格種種。

55 小型演奏會

我有點怯場了

I've got stage fright.

禮 堂

有些大學的設備很齊全，一個校園內甚至擁有好幾個可以開演奏會和音樂會的**禮堂**。這些禮堂，並非單屬於社團，一般的學生都可以自由使用。美國人會**演奏樂器**的人很多，只要有樂器，隨便在哪裏都可以開**演奏會**。有興趣的話，你也可以積極地參與，甚至也可以開個音樂會。

 流行口語

1. I'm scared. 我好害怕。

2. I've got butterflies. 我覺得想吐。（由於緊張或興奮等）

3. I've got *a case of the nerves*. 我覺得好緊張。

4. I'm *nervous*！我好緊張！

5. I'm going to die. 我要死了。

6. Break a leg！祝好運！

   * 洋迷信，對將要參加比賽或上台的人講的反話。

實況會話

外國人：Next on our program is Jenny Fisher with a
violin recital accompanied on the piano by Mei-
mei Lin from Taiwan.

我們下一個節目是，珍妮芙雪的小提琴獨奏，由來自
台灣的林美美擔任鋼琴伴奏。

中國人：Oh, I think *I've got stage fright.*

喔，我覺得我有點怯場了。

外國人：Okay...Are you ready？You're on！

好…你準備好了嗎？該你上場了！

recital〔rɪ'saɪtl̩〕*n.* 音樂會（常為一人獨奏或獨唱）

表示「怯場」，還可以用 " I'm frightened by the audience." 或
" I'm suffering from stage fright." 來表達。但是，如果指心情緊
張，心撲通撲通地跳時，就用 " get nervous "，例：" I get nerv-
ous at an exam."（我在考試時會緊張。）其他，感覺「害怕」是用
" I'm scared." 或 " It's scary."

56 與室友發生糾紛

今天輪到你了

It's your turn today.

沈默非金

　　美國人重視每一個人的**個性**，所以，能否很清楚地傳達**自己的思想**和**看法**，是頗為重要的一件事。在美國，如果不說出口，別人根本無法了解你的心意，所以，美國可說是個「**說清楚的文化**」。也因此，美國人對於中國人所謂的「**默認**」很難以理解。

流行口語

1. Share and share alike. 平均分配。

2. Let's make it even. 讓我們公正地處理。

3. Let's *even up*. 讓我們公平處理。

4. You should do your fair share. 你應該分擔你應負的責任。

5. You have to *pull your own weight around here*！
   你必須盡你對這裡的本分。

6. *Fair's fair*. 這樣就公平了。

實況會話

中國人： I've been cleaning our room for the last three days. *It's your turn today!*

這連續三天都是我在打掃我們的房間。今天輪到你了！

外國人： But you know how I hate cleaning.

但是你知道，我有多麼討厭清掃工作！

中國人： It's not fair. 那不公平。

外國人： Okay. Okay. 好吧，好吧。

註 turn〔tɜn〕*n.* 順序

迷你情報 和美國人理論時，要把事情說清楚，他們很重視 " fair "（公平）。若不公平，要嚴重地提出：" It's not fair."（那不公平。）如果取得協定，或拜託別人時別忘了要問句："Fair enough?"（公平嗎?）表示慎重、提醒。

57 與室友發生口角

你怎能說這麼殘忍的話

How could you say such a cruel thing?

爭 執

　　中國人**生性較沈默**，和美國人比起來，較不善於表達，所以，即使有不滿，也不說出口，這樣就常造成誤會而大打出手。另外一方面，也是因為中國人不太會講 "*No.*" 也會造成誤會。在留學時，如果只是一味地忍讓，對於學習也會造成影響。在必要時，要表示**堅決**的立場，例如，說句 "*No. I completely disagree with you!*" 也許會和他們有所**爭**論，但是，這樣可以**增加溝通**的機會。

流行口語

1. *Don't be mean*! 不要那麼卑鄙！

2. That was a tactless thing to say. 說那種話太笨了。

3. You're so tactless sometimes! 你有時候實在很笨！

4. You're *out of line*! 你的行為有失檢點！

5. You put your foot in your mouth.
　　你說錯話了。（你犯了使別人難堪的錯誤。）

6. You're a real *heel*. 你是個不折不扣的卑劣之徒。

實況會話

外國人 : Mei-mei, how could you come here without
　　　　 mastering English?

　　　　 美美，你怎麼沒精通英語就來這裏？

中國人 : *How could you say such a cruel thing*? I'm
　　　　 always trying hard...What about you? Can you
　　　　 say you understand Chinese?

　　　　 你怎能說這麼殘忍的話？我一直都在努力地學習嘗
　　　　 試。你呢？你敢說你懂中文嗎？

🈟 master〔'mæstɚ〕*v.* 精通；通曉

迷你
情報

　　" cruel " 是用在表示「殘酷的」或「殘忍的」。但是，如果表示「不
懷好意」是用 " mean " 例:" Don't be so mean."（不要那麼卑鄙）。
相反詞用 " nice "。母親對小孩是 " Be nice to him. "（親切地對
待他）。

58 宿舍糾紛

> 但是規定就是規定
>
> **But rules are rules.**

住宿的問題

　　大多數的大學宿舍是男女學生住一棟樓，有的是**分爲兩半**，以左、右邊來劃分男女生宿舍；有的是**以層數**來劃分；有的根本不分，男女學生**混合**同住一層樓。美國人認爲這是提供**男女學生認識和交往的機會**。房間通常是二個人一間，在明文規定上，室友彼此都禁止帶男朋友或女朋友進入寢室。可是，還是有人明知故犯。爲了避免影響讀書，要能清楚明確地表明 **"No."**

流行口語

1. You can't fight City Hall.
   你無法與法律爲敵。（無法打敗市政廳。）

2. That's the law of the land. 那是這個國家的法律。

3. That's *the way* it is. 事情就是這樣。（你無法去改變。）

4. You're beating a dead horse. 你在白費力氣。（你在鞭打死馬。）

5. It's really *no use*! 眞的毫無用處！

6. Don't bother trying. 不必費心去嘗試了。

實況會話

中國人：Kathy, about your boyfriend...are you sure it's okay to have male guests in our dorm room?

凱西，關於你的男朋友…你覺得讓男賓進入我們宿舍房間妥當嗎？

外國人：This is America！ Sometimes you Chinese are so conservative.

這裏是美國！有時候你們中國人眞是守舊。

中國人：***But rules are rules.*** 但是規定就是規定。

外國人：Hmmm... Mei-mei, I guess you've never fallen in love, have you?

嗯…美美，我想你從沒戀愛過吧，有嗎？

📖 conservative〔kənˈsɜvətɪv〕*adj.* 保守的

迷你
情報
在美國時，也許常會被說 "This is America."，有些在台灣不允許的事，在美國可能就可以了。所以，和美國人爭理時，可以用 "Rules are rules," 或講明中美的文化背景不同。美國人說 "Honesty is the best policy."（誠實是上策），所以，對他們而言，The problem is not "you should" but "you want to."（問題不是「你應該」而是「你想要」）

59 受不了室友

我再也無法忍受了
I can't put up with this anymore！

九月病

　　大部分的留學生，在五月左右，確定入學；在六月到七月之間提前抵達美國，然後參加**英語集中講座**；九月準備開學。因為剛開始上課，英語能力不夠，生活又不方便，在這段期間很容易出現**情緒低潮**，這叫做「**九月病**」。如果能渡過九月到十二月這段期間，大概就能順利地讀下去。平常為了一些芝麻蒜皮的小事，就憂心忡忡，或是常一個人閱在房間裏，這樣的人最容易得「九月病」。吵架也好，做些其他的事也好，總要讓自己能有所**發洩**，才容易治好「九月病」。

流行口語

1. I'm going *out of my head*. 我快要發瘋了。

2. *Knock* it *off*！停止吧！

3. We have to talk. 我們必須談談。

4. Let's *have it out*. 讓我們把事情解決吧。

5. We need to have *a little* "*pow-wow*." 我們需要討論一下。

　　＊ pow-wow，是印第安語，開會的意思。

實況會話

中國人： *I can't put up with this anymore*！

　　　　我再也無法忍受了！

外國人： Calm down. Calm down. What did I do wrong
　　　　this time？

　　　　冷靜一點，冷靜一點！這次我又做錯什麼了？

中國人： You should at least close the coffee pot after
　　　　you're through using it.

　　　　你至少該在用完之後，把咖啡罐的蓋子蓋好。

外國人： Oh. Mei-mei. That's so petty. Cut it out.

　　　　哦，美美，那是多麼微不足道的事，算了吧！

　　jar〔dʒɑr〕*n.* 大口瓶　　petty〔'pɛtɪ〕*adj.* 瑣碎的；細小的

迷你情報

「我受不了」除了用 " I can't put up with this." 之外，還可以用 " I can't cope with it." 或 " I can't stand for it."。表示「平靜、冷靜」是用 " calm down "。表示「作罷，算了，停止」用 " We have to cut it out." 或 " Let's have it out right now."

60 想搬到公寓

> 你以前看過「誠徵室友」的廣告吧，有嗎？
>
> **You've seen "Roommate Wanted"**
> **ads before, haven't you?**

房屋招租的廣告

　　初到美國，人生地不熟，**宿舍**是最安全、妥當的地方。一旦熟悉了美國的生活方式，又交了許多的朋友，而且也比以前更有信心，就可以慢慢地開始過自由自在的生活了。搬出宿舍，到外**面租房子**，是自由生活的第一步。以下舉一**房屋招租的廣告**，作為說明。104 W. 52 St. / only $ 430 Beaut. / 2 Br. Lux. bldg. / Move-in con-ditn. / Avail·immed 第一項是**住址**，其次是**房租**，註明有漂亮美麗（ *beautiful* ）的房間，二間臥室，是豪華（ *luxurious* ）的建築，可以馬上遷入。

流行口語

1. I *ran across* this ad in the paper. 我在報紙上偶然發現這個廣告。

2. Don't tell me you haven't seen it.
   別告訴我你沒看過。（你一定看過。）

3. Are you blind？你瞎了嗎？

4. You should *open your eyes* sometime. 你有時應該張大眼睛看清楚。

5. Go and *check* it out. 去查清楚。

實況會話

中國人： How can I find an apartment？ Any good ideas？
　　　　我怎樣才能找到公寓房子？有什麼好主意嗎？

外國人： Look in the classified ads…. ***You've seen "Room-
　　　　mate Wanted" ads before, haven't you***？
　　　　找找看分類廣告…你以前看過「誠徵室友」的廣告吧，
　　　　有嗎？

中國人： Aren't there any real estate agencies close by？
　　　　這附近有沒有房地產仲介公司？

外國人： Real estate agencies？ What do you mean？
　　　　房地產仲介公司？你是指什麼東西？

　estate〔ə'stet〕*n.* 地產；財產　　agency〔'edʒənsɪ〕*n.* 代理處

迷你情報　問別人有沒有看過某某廣告，所用的句型是" You've seen…,
haven't you？"如果指有沒有看過某個特定的東西，所用的句型是
" Did you see…？"如果表示「無意間看到這廣告」可以說" I
came across this advertisement."或" I ran across this ad."

61 找公寓

> 我們不能錯過這間公寓
>
> Here's an apartment we shouldn't pass up.

房租和地點

在美國，有個**小廚房**和簡單的**衛浴設備**的公寓，房租很合理。和別人合住一個有兩間臥室的公寓，也可以節省費用。如果你沒有認識的人可以合住，可以張貼「**誠徵室友**」廣告 " *Roommate Wanted* "。如果你沒有車子，選擇房屋的地點就很重要，最好能選個**徒步**就可到達學校的地方，否則，就要選擇**交通比較方便**的地方。

 流行口語

1. Don't let it *slip away.* 別讓它溜走了。

2. We have to *move on* this. 我們必須快點行動。

3. We can't miss it. 我們不能錯過。

4. Don't let it slip *through* our fingers.
   別讓它從我們指間溜過。

5. It may be *gone* tomorrow. 也許明天就消失了。

6. *Don't let it go*! 別讓它溜走！

實況會話

中國人：Hey, Jenny! Look at this ad. *Here's an apartment we shouldn't pass up.*

嗨，珍妮，看看這則廣告。我們不能錯過這間公寓。

外國人：Oh wow! Let's go check it out. Maybe we'll finally get out of this dorm.

噢！那我們趕快去看個究竟！ 說不定我們終於可以搬離宿舍！

pass up 放棄（機會）

check out 查看一番

迷你情報 不可錯過某某電影或演講等等，所用的句子就是 " You〔We〕shouldn't pass it up. " 或 " You〔We〕shouldn't miss it."
" check out " 這個片語，不僅可以用在向圖書館借書時，也可以用在指結帳而離開（旅館）而言。但這裡的意思是「查看」，也就是「看個究竟」的意思。

62 參觀公寓

我們什麼時候可以搬進來
When can we move in?

寄宿公寓

　　有些住宅出租房間給單身學生，大部分是一人一間，也有兩人一間的，這種叫做 " rooming house "（寄宿公寓）。房間都配有家具，還有炊具，收費也不高。但是，要和其他人共用浴室、廚房等設備，較容易產生人與人之間的摩擦，所以，在住進寄宿公寓之前，一定要先詳細了解可能遇到的各種情況。

 ## 流行口語

1. I'd like to get in there *as soon as possible.*
   我希望儘快搬進去。

2. I'll get my stuff and *be right over.* 我去拿我的東西，馬上就好。

3. When will it *be ready*? 何時能準備就緒？

4. When do the residence halls open up? 住宅處幾點開始辦公？

5. When are you *clearing out*?
   你何時要離開？（你何時能把東西清出去？）

實況會話

外國人： The kitchen is all cluttered up. Please excuse
　　　　the mess. 這廚房簡直亂透了。請多多包涵。

中國人： Well, Mrs. Carter, what do you think？***When can
　　　　we move in***？

　　　　嗯，卡特太太，你覺得如何？我們什麼時候可以搬進來？

外國人： My new place will be ready next week, so you
　　　　can move in after that.

　　　　我新住的地方下個禮拜會弄好，到時你就可以搬進來。

　clutter〔ˈklʌtɚ〕*v*. 使散亂；使雜亂
　　excuse〔ɪkˈskjus〕*v*. 寬恕；免除　　mess〔mɛs〕*n*. 雜亂的一堆

迷你
情報　　「搬進來住」的片語是 “ move in ”，「搬出去」的片語是 “ move
　　　out ” 租好房子之後，要能確定可以搬進來住的日期。希望房東，在
　　　你搬進來之前，把房子修理好，可以說 “ Make sure you fix every-
thing up before we moving in.”

63 想搬出宿舍

> 你不能違反一年契約
>
> **You can't break the one-year contract.**

居住契約

Housing Office（**住宿事務處**），專門處理學生的住宿和用餐問題。住宿生，必須和 Housing Office 訂立**居住契約**（*housing contract*）。契約的期限以**一學期**，或**一年**為限。如果簽訂期限一年的契約，卻想在學期中搬出宿舍，多多少少會有些麻煩。必須向 Housing Office 提出**陳情書**（*petition*）。理由可以是，經濟上或健康上的因素，或者指出環境太吵，無法讀書之類的理由，只要理由正當，就會獲得允許。

流行口語

1. You *are bound by* contract. 你受契約之縛。

2. There's *no way out of* it. 你無法擺脫。

3. You have a one year lease. 你有個一年之約。

4. If you make it, you can't break it. 訂了契約，就不能違背。

5. There's *no getting out of* this one. 想逃避是不可能的。

6. You can't just leave. 你不能一走了之。

實況會話

中國人：I'm thinking of moving out of the dorm into an apartment.

　　　　我打算搬出宿舍，搬進公寓。

外國人：That's not possible. *You can't break the one-year contract.*

　　　　那不行。你不能違反一年的契約。

中國人：Even if I have a good reason？

　　　　即使我有個好理由也不行嗎？

contract〔ˈkɑntrækt〕*n.* 合約；合同

迷你情報

「訂立條約」的片語是 " make a contract "，「簽約」的片語是 " sign a contract "，「違背契約」的片語是 " break a contract "。

　　" contract "（契約）這個字，除了可以當名詞之外，還可以當動詞，有「締結，訂立」的意思，如：" contract a marriage"（訂婚），"contract an alliance with another country"（與其他國家結盟）。

64 與男朋友分手

> 我和麥克吹了
>
> **I broke up with Michael.**

人際關係

在大學的生活中，除了唸書以外，**交朋友**，也是生活上很重要的一環。甚至有人說：「**戀愛**，是大學的必修學分。」中國人向來較為含蓄，尤其女生不太敢採取主動。美國，是一個很開放的社會。男女之間的交往，被視為正常的人際關係。所以，一到美國，首先，要先**敞開胸懷**，參與、學習建立良好的人際關係。

流行口語

1. **It's over** between us. 我們之間結束了。

2. **We're history.** 我們的一切成為過去。

3. We've reached the end of the road. 我們已經走到路的盡頭。

4. There are other fish in the sea. 天涯何處無芳草。

5. You'll get over it before you know it.
   你會在不知不覺中淡忘。

6. We just can't **go on**. 我們就是沒辦法再交往下去。

實況會話

外國人：*I broke up with Michael*. 我和麥克吹了。

中國人：Oh？ Why？ 哦？為什麼？

外國人：He says he loves me, but I get the feeling that I'm always second — his computer seems to be more important to him.

　　　　他說他愛我，但我總覺得我是次要的。在他心目中他的電腦似乎比我更為重要。

中國人：Well, maybe you should look at things from his point of view.

　　　　嗯，或許你該試著從他的觀點來看事情。

📗 *one's point of view* 某人的觀點；看法

迷你情報　「和～絕交」的片語是" break up with..."，「被拒絕，被拋棄」可用" He turned me down."或" He threw me out,"表示「迷上」可用" I think he has a crush on you."。如果用" She's crazy about him."是表示「她熱愛著他」，" She's infatuated with him." 是指「她迷戀著他」。

65 找工讀機會

好工作並不好找
Good jobs aren't so easy to come by.

當家庭褓姆

　　本來拿**留學生簽證**的人，不可以在美國境內打工。但是，如果透過學校的關係，就可以兼差。大學中有 *Career Service Center* 幫忙學生介紹工讀的工作，通常打工一個小時的薪資，約5～6美元。但是，留學生因為**語言上的障礙**，較不容易找到好的工作。建議你，不妨找個**當褓姆**的工作。雖然，一小時的薪資也許只有3美元。但是當褓姆有二個優點，一來，可以使會話和發音進步。二來，可以了解外國人的父母，如何教育他們的小孩。

流行口語

1. There's nothing good to be had. 沒有什麼好工作可以找。

2. This isn't *so easy as* I thought it would be.
   這不如我想像中那麼容易。

3. Those jobs are hard to get *a hold of*. 那些工作不容易找到。

4. I haven't had much luck yet. 我還沒有太多好運。

5. *The market is dry here.*
   這裡的市場枯竭了。（沒有賺頭了。）

實況會話

中國人：Any part-time jobs？

　　　　有沒有什麼兼差的工作？

外國人：Only baby-sitting. Did you check the Campus
　　　　Center bulletin board？

　　　　只有當褓姆的工作。你有沒有去看看校園中央的佈告
　　　　欄。

中國人：Yes. Nothing there either. *Good jobs aren't so
　　　　easy to come by*, you know.

　　　　有呀，但是什麼也沒有。你是知道的，好工作並不好
　　　　找。

🖾 *bulletin board*〔美〕佈告牌（＝〔英〕*notice board*〕

　come by 獲得

迷你
情報
　　　「獲得」動詞是用 " get " 但是，片語則常用 " come by "。" come
　　by " 還有其他的含意，是指「接近、靠近」的意思。在門上所留的字
　　　　條，常寫說 " I knocked on your door, but no answer. Please
come by my room anytime." 這裏 " come by " 的意思和 " step by "，
" drop by " 一樣，都有「順道拜訪」的意思。

66 工 讀

怎麼了
What's the story?

教中文

　　最近吹起一股「**中國熱**」，很多人把學中文當成一種時髦的流行，所以，在美國的中國留學生，可以教美國人一些簡單的中文。或者，做一些**翻譯**或**通譯**的工作。當家庭老師教中文，一個小時大約 15 美元。可以拜託教授或請朋友幫忙宣傳。自己也可以在校園內的 ***bulletin board***（**佈告欄**）張貼廣告。如果你會煮一手味道鮮美的中國菜，還可以開「烹飪班」。或是教書法，教中國功夫等，使你留學的生活，除了讀書之外，還有其他更豐富的收獲。

流行口語

1. ***What's the scoop***? 葫蘆裏賣什麼藥？（你在賣弄什麼玄虛？）

2. ***Fill* me *in***. 告訴我一些消息。

3. ***Give me a clue*** as to what's going on.
　　給我點關於所發生之事的線索。

4. Let me know too. 讓我也知道吧！

5. I want to hear all about it. 我要知道全部實情。

6. Don't ***keep me in the dark*** any longer. 不要再把我蒙在鼓裏。

實況會話

外國人： Are you interested in teaching Chinese?

你對教中文有興趣嗎？

中國人： Sure. *What's the story*?

當然有。怎麼了？

外國人： Well, a friend of mine is now learning Chinese, but he is sort of behind his class.　He needs to catch up.

嗯，我有個朋友現在正在學中文，他有點趕不上進度，他需要加點油好趕上。

▦ *catch up* 趕上

迷你
情報
問「別人對～有興趣嗎？」的句型是 "Are you interested in...?"
例： "Are you interested in teaching Chinese?" 這表示問對方說 "Do you want to do that?" 的意思。如果是 "Are you interested in seeing...movie?" 則有邀請的意思。"What's the story?" 是用在希望對方把剛才所講的話，再講詳細一點的意思上。

生活風采—
老中和
老外

Living with Americans

(1) *It fits me to a tee.*
    它十分適合我。

(2) *I've got a spare tire.*
    我長贅肉了。

(3) *It's a piece of cake.*
    輕而易舉。

(4) *You should have been more careful.*
　你早該小心一點的。

(5) *Why don't we get together for a bash?*
　為何我們不聚一聚，狂歡一下？

(6) *Is there anything I can do to help?*
　有什麼我可以幫忙的嗎？

(7) *I'll get them in just a second.*
　我馬上弄好。

(8) *I'd rather do without it.*
　我寧願不用它。

(9) *I've seen euough.*
　我看夠了。

(10) *We need to get some fuel.*
　我們須要加點汽油。

(11) *Let me take it for a test drive.*
　讓我試一試車子。

(12) *Above all things, be careful!*
　最重要的是，要小心！

67 買衣服

> 我可以試穿嗎？
>
> **Can I try this on?**

自己動手

　　美國學生不太愛打扮，他們不習慣把錢浪費在衣服上。他們穿衣服的原則是：「**舒適、合身**」。他們不穿緊身、束腰之類的衣服。在校園中，也很少看到學生穿高跟鞋，大部分是穿著容易走路的鞋子。但是，如果說美國學生，完全不打扮也不對。女學生她們會做不花錢的東西穿戴、或是到舊服裝店，買便宜的衣服，回來自己加工後穿着，頗有自己的風味、特色。

流行口語

1. Does it fit？ 合身嗎？

2. Can I check it out？ 我可以試穿看看吧？

3. Try this on for size！ 試試這個的大小。

4. It looks good on you！ 你穿起來很好看。

5. Why not try it on！ 為什麼不試穿看看？

6. Put it on！ 穿穿看！

7. It *fits me to a tee.* 它十分適合我。

實況會話

外國人：May I help you？我能為你效勞嗎？

中國人：***Can I try this on***？我可以試穿嗎？

外國人：Oh, please do. The dressing rooms are over there. You know, this dress will keep you warm because the hem is below the knees....

哦，請試穿。試穿間在那邊。你知道，這件衣的縫邊到膝以下，會很保暖的……

hem〔hem〕*n.* 縫邊；（布料、衣服的）褶邊

在逛街看到喜歡的衣服時，常會用到這句話："Can I try this on？"如果看朋友試穿得很合身時，可以說："This dress would really look good on Jania."（珍妮亞穿這件衣服會很好看。）

"dressing room"在劇場中是指演員的化粧室，另外，也有「更衣室」的意思。

68 煮 飯

美國人通常都怎麼做飯

How do Americans usually cook rice?

自己煮飯

　　剛開始到美國時，也許為了專心努力讀書，不便自己開火煮飯。但是，等到一切均上軌道之後，基於**便宜、省錢**的因素，可以和幾個朋友一起煮炊，而且也可趁此機會學一些當地的西餐美食的料理方法。透過飲食生活，可以更進一步體驗他們的文化。

流行口語

1. How do you *make* this？你這道菜是怎麼做的？

2. *What about* dinner？晚餐怎麼辦？

3. She can't *even* boil water. 她甚至連開水也不會燒。

4. What's on the menu？菜單上有些什麼？

5. I take *a sack lunch* to school. 我帶了個午餐便當去學校。

6. What a mess you have made！看你搞得一團糟！

7. It will go ill with you sooner or later.
　　你遲早會吃虧的。

實況會話

中國人：*How do Americans usually cook rice* ?

　　　美國人通常都怎麼做飯？

外國人：Well, we use a deep pot. Didn't you know？

　　　嗯，我們使用深底鍋。你不知道嗎？

中國人：No, I didn't. Could you show me your way of
　　　cooking rice ?

　　　不，我不知道。你能示範一下你做飯的方法嗎？

外國人：Sure. It's quite simple.

　　　當然，那很容易。

　pot〔pɑt〕*n.* 鍋

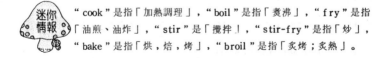

迷你情報　" cook " 是指「加熱調理」，" boil " 是指「煮沸」，" fry " 是指「油煎、油炸」，" stir " 是「攪拌」，" stir-fry " 是指「炒」，" bake " 是指「烘，焙，烤」，" broil " 是指「炙烤；炙熱」。

69 和室友購物

> 這不是最適合我們的房間嗎
>
> **Wouldn't it be perfect for our room?**

便宜的生活必需品

　　在美國，**高級品**和**奢侈品**的價錢都很昂貴。但是，一般**生活必需品**就很便宜。尤其在**打折期間**，可以買到物美價廉的物品。而且，超級市場中的東西，不僅種類繁多，數量又很充足。所以，留學生的基本生活消費很低。

 流行口語

1. It's **_just right_**. 還不錯。

2. This would **_fit right in_**. 這將會很適合。

3. This is **_a real find_**. 這是個大發現。

4. I can't do without it. 我少不了它。

5. It's just what the doctor ordered. 那正是醫生所指示的。

6. It's **_right on_** the money. 價錢很合理。

7. Don't be so cheap. 別那麼小氣。

8. I'll charge you half price for it. 我半價賣給你好了。

實況會話

中國人：Kathy, look at this mat. ***Wouldn't it be perfect for our room***?

凱西，瞧瞧這個墊子。這不是最適合我們的房間嗎？

外國人：Oh, yes. It's beautiful. We must have it. We can pinch pennies for the rest of the month.

是呀！好漂亮。我們就要這個好了。往後的這個月我們就節儉些。

中國人：Yes. Let's buy it now!

好呀！我們現在就買了吧！

● ***perfect for*** 最適合

迷你情報

"Wouldn't it be...?" 這是假設語句，使用在尙未成爲事實之時。例："It would be wonderful if John could join us."（如果約翰能加入我們，那眞是太棒了。）"pinch pennies" 是指「節儉」，和這意思相同的用法有 "cut down one's living expenses"（節省生活開支）。

70 大拍賣

你可以算三十元嗎？

Can't you make it 30 dollars?

車庫大拍賣

"*garage sale*" 也是美國人的生活特色。他們常把一些家中不用的東西，集中放在車庫，找一個風和日麗的日子，舉行**大拍賣**。他們會把附近的**鄰居**都找來，一邊吃喝玩樂，也一邊拍賣東西。這種車庫大拍賣，常在**郊外**的中產階級的**住宅區**舉行。留學生，可以常到這些地方看看，只要仔細地找，一定有你想買的東西。既**實用**又**省錢**，一舉兩得。

流行口語

1. I'll *give* you thirty *for* it. 我要用三十元來向你購買。

2. I'll *settle for* thirty. 我決定以三十元成交。

3. Can't you *make* it before 6 P.M.? 下午六點前能做好嗎？

4. I can't make it until 7 P.M. 到晚上七點才能做好。

5. It's only worth $30. 那才值三十元。

6. I wouldn't *pay* a dime *over* $30 for it.
三十元，多一分我也不付。

實況會話

中國人：How much is this set of dishes？

　　　　這組餐盤多少錢？

外國人：Only 35 dollars. 只要三十五元。

中國人：*Can't you make it 30 dollars*？

　　　　你可以算三十元嗎？

外國人：Oh, no. This is valued at more than 50 dollars.

　　　　哦，不行。它的價值至少超過五十元。

註　valued〔ˈvæljʊd〕*adj.* 被估價過的

迷你情報　表示「四捨五入」的片語是"round off"，如果是「尾數進位」則用"round up"。在討價還價時，如果老板認為"This is valued at 100 dollars."（這個有一百元的價值。），你可以還價說"I value it only at 5 dollars."（我估計它只值五塊錢。）

71 超級市場的收銀台

你排錯隊伍了

You're in the wrong line.

美國的超級市場

　　一般美國的超級市場都**很大**，有的甚至有一個街區（ *block* ）那麼大。所以，進到超級市場內，要能知道，什麼東西放在什麼架子上，然後再決定要走哪一條路，這樣才不會浪費時間。美國人，通常一次就買**一個禮拜**的份量，所以，量都相當多。為了方便只買少量東西的顧客，他們還特別設計了 *Express line* 。

 流行口語

1. The "Express Line" is over there.
　「速通線」是在那一邊。

2. *Fall in line.* 排隊。

3. Don't *cut in* (*line*). 別插隊。

4. You're in the *wrong spot.* 你站錯地方了。

5. You have to move. 你該動了。

6. Is this the end of the line? 這是隊伍的尾巴嗎？

外國人： Lin！ Over here！ *You're in the wrong line.*
　　　　林！在這裏！你排錯隊伍了。

中國人： The sign says "Express Line." What does it
　　　　mean？牌子上寫著「速通線」是什麼意思？

外國人： It's for people who are buying five items or
　　　　less...No use waiting in line if you're only
　　　　buying small amounts.
　　　　這是給那些只買五樣或買更少的人排的。如果你只
　　　　買一點點東西，就不必排在隊伍中。

📖 express〔ɪk'sprɛs〕*adj.* 特殊的；速度快的

迷你情報　在收銀台前所排的隊伍，也稱爲 " check-out line "。例：" I'm
sick of standing in the check-out for so long."（我討厭站在
收銀台前這麼久。）所以，結帳時，排隊排得對，也成爲一種技巧。
" Picking the right check-out line is an art." 在結帳時，如果前面的人
買的東西較多，你可以拜託對方說 " May I check out ahead of you since
I have only two items？（因爲我只有兩項東西，我可以在你前面先結帳
嗎？）

72 冰淇淋店

> 我愈來愈胖了
>
> **I'm getting too fat!**

節 食

　　學校的餐廳是採用**自由添加**的方式，所以，很多留學生認為，已經付錢了，不吃白不吃的心理，就一盤接一盤地往肚子裏塞。不知不覺就必須" *on a diet* "。要胖很容易，要瘦下來就不太簡單。不要自己隨便減肥，可以到學校的**健康中心**，和醫生商量之後，再請醫生開「節食菜單」。

 流行口語

1. I need to go *on a diet*. 我必須節食。

2. I'm *putting on weight*. 我發胖了。

3. I've got *a spare tire*. 我有了備胎。（我長贅肉了。）

4. Food goes from my hands to my thighs.
   食物從我的手跑到我的腿去。（我的腿變粗了。）

5. I've got an eating problem. 我有飲食方面的問題。

6. "Diet" is a four-letter word. 「節食」是四個字母的英文字。

　　＊「四個字母的字」，指不好的話、粗話、髒話等。

實況會話

外國人：Which shall I choose？ A single cone or double？
Of course, you'll have a double, won't you？
　　　　我該選擇哪一樣呢？一粒還是二粒冰淇淋？
　　　　當然，你會要二粒，對不對？

中國人：No．No．*I'm getting too fat*！I'll have a single.
　　　　哦，不。我愈來愈胖了！我只要一粒。

外國人：Well, if we're not getting doubles, at least I'll
have the "nuts sprinkle."
　　　　噢，如果我們不叫二粒的話，至少，我想要灑上一些
　　　　「胡桃屑」。

🈴 sprinkle〔'sprɪŋkl̩〕*n.* 少量

迷你
情報
美國食物所含的卡路里都很高，所以很容易發胖。尤其是女孩子，常
很在意自己的身材、體型地說 " I'm really conscious of my body."
表示「愈來愈胖」的用法有 " I'm getting fat."或 " I think I've
put on weight."所以，開始有人節食 " I'm on a diet "。而 "tofu"（豆腐）也
成了很受歡迎的減肥食品。

73 找想看的電影

> 我以前都不知道
>
> **I didn't know.**

報導娛樂的刊物

　　週末是從星期五晚上開始，所以「**星期五**」有 *TGIF* 之稱。（ *Thank God It's Friday* 的意思。）有些雜誌專門報導週末的**娛樂、藝文活動**，例如，在芝加哥，有 "Chicago" 的雜誌。書店，超級市場，雜貨店（drugstore）均可買得到。而有 "*Reader*" 的小雜誌，是免費的，**學生**大部分是利用這份雜誌，來安排週末的約會和計劃。

流行口語

1. I can't decide. 我無法決定。

2. How do you know? 你怎麼知道的？

3. What do you want me to do? 你要我做什麼？

4. *Heck if I know*! 我知道才怪！

5. What am I gonna do? 我該做什麼？

6. So, what's the answer, Einstein?
   那麼，愛因斯坦，答案是什麼？

   ＊愛因斯坦是本世紀最聰明的人之一，稱人愛因斯坦，有稱讚或諷刺之意。

實況會話

中國人： I'd like to go to the movies this weekend. How can I find a good movie?

這個週末我想去看場電影。怎樣我才能找一部好片子?

外國人： Just check the " *Reader.* " Here. If you find one worthwhile, let me know. I might go along.

只要查閱一下「讀者」。在這裏。如果你找到一部值得觀賞的，告訴我一聲。我可能會去看。

中國人： Oh！ There's a complete listing of what's play-ing... *I didn't know...*

噢！這有個上映片名一覽表…我以前都不知道…

📘 worthwhile〔'wɝθ'hwaɪl〕*adj.* 值得的

迷你
情報　　當知道了一件新的事物時，會說 " I didn't know that. " 這是表示「以前怎麼都不知道」的意思。和 " I don't know. " (我不知道) 的意思不一樣。用 " didn't " 是表示 " I've never heard of that. "。另外，如果要強調第一次意外聽到時，可以用 " such " 來加強語氣。例： " I've never heard of such a stupid story. " (我從未聽過這麼蠢的故事)。

74 到餐廳

我們到別的地方去吧

Let's go somewhere else.

餐廳禮儀

　　吃膩了宿舍的伙食，有時不妨到有氣氛的餐館享受一下。但是有些**餐桌禮儀**必須注意的。**背著牆壁**的座位，優先由女士先坐。手提包不要放在桌上，應該掛在**椅背上**。餐巾放在膝蓋上。用完餐後，將餐巾放在桌子的**左側**。如果刀、叉掉到地上，不必自己撿，可以**請服務生**代為收拾。刀、叉在盤子中，擺成「八」字型，表示用餐中；如果並排在**盤子的右邊**，表示用餐完畢的意思。

流行口語

1. Let's find *a new locale*. 讓我們找個新地點！

2. Let's *get out of* here！讓我們離開這裡吧！

3. I've *had enough of* this place. 我受夠了這個地方。

4. Do we have to stay？我們必須待在這裡嗎？

5. I've seen *enough*. 我看夠了。

6. Let's *make like babies and head out*. 我們走吧。

　　* head out 在此為雙關語，即①離開②頭朝前；因嬰兒爬行都是頭朝前。

實況會話

中國人： Kathy, *let's go somewhere else*. I really don't feel comfortable here. I don't like the atmosphere.

　　　　凱西，我們到別的地方去吧！我在這裏覺得很不舒服。我不喜歡這裏的氣氛。

外國人： You don't? It doesn't bother me.

　　　　你不喜歡？但是對我沒影響。

中國人： Look, let's just leave and go some place with a healthier atmosphere.

　　　　喂，我們離開這裏，找個氣氛較好的地方。

〓 look！〔嘆〕喂！瞧！你看！小心！

迷你情報　邀別人一起去吃飯，較不拘束的講法是 " Let's go and eat. " 或 " Let's get a bite. " 各自付帳是 " Go Dutch. " ，如果你要請客就用 " I'll pay for it. " 或 " I'll pay you. " 或 I'll treat. 接受了對方的請客時，可說 " Thank you, that was delicious. " 或 " You are too nice. " 也可以用 " I appreciate it. "

75 開　車　(1)

別忘了在教堂那邊右轉

Don't forget to make a right at the church.

搭便車

　　在美國，如果沒有車子代步，簡直是**寸步難行**，很不方便。所以，有些沒有車子的學生，若想上街，或購物，就到 *bulletin board*（佈告欄）貼「希望某日能搭往某鎮的車子」之類的紙條。屆時，由一起搭便車的人，**分攤**汽油錢給車主。週末很多人到鎮上，也是一起搭便車回來，還是蠻方便的。

流行口語

1. Just keep *heading straight* until I tell you to turn.
   往前直走，直到我叫你轉。

2. We *were supposed to* turn back there.
   我們應該在那裏折回來。

3. Where did you learn how to drive?
   你在哪裏學開車？

4. Trying to get me killed? 想害死我嗎？

5. I'm ready, *fire away*! 我準備好了，開始吧！

實況會話

外國人：Okay. Let's get started.

　　　好了，我們出發吧！

中國人：John, ***don't forget to make a right at the church.***

　　　約翰，別忘了在教堂那邊右轉。

外國人：Oh shoot！We already passed the church.

　　　啊，糟糕！我們已經開過頭了。

■ shoot〔ʃut〕*n.* 糟糕（懊悔時的用語）

迷你情報　「向右〔左〕轉」的句型可以用" turn to the right〔left〕"，但是用" make a right〔left〕"更口語化。還有人用" Hang a Louie "來表示左轉，用" make a Richard "來表示右轉。因為" Louie "和" Left "（左轉）都是以" L "字母開頭，而" Richard "和" Right "（右轉）都是以" R "字母開頭，所以，有此用法。

76 開 車 (2)

> 爲何不先把車子靠邊停下來加油呢
>
> **Why don't you pull over and fill
> her up first?**

高速公路

只要在台灣開過車，到美國開車就不成問題了。尤其開在他們的高速公路上，有種說不出的**快感**。他們的時速限制在 **55英哩**（約88公里）。但是，大家都並不怎麼遵守。可是，如果跑到 70 英哩的時速，警車馬上會鳴著尖銳的笛聲追過來。高速公路沿路都有" *drive-in* "，這是服務到車上的路旁餐館，也有 *motel*（**汽車旅館**）。讓想用汽車作旅行的人，吃、住都不成問題。

流行口語

1. We're almost *out of* gas. 汽油快用光了。

2. We need to *get some fuel*. 我們須要加點汽油。

3. We're *running on* fumes. 汽油快用完了。

4. We have to *stop at* the next station.
   我們要在下一個加油站停下來。

5. There's a *self-serve* station! 有個自助式加油站！

6. I put 20 bucks in the car yesterday.
   這車昨天花了我二十塊錢。

實況會話

中國人： John, pull into that drive-in. Let's get some-
thing to eat.

　　　　約翰，把車開到那家免下車餐館，我們去吃點東西。

外國人： Okay. I'll just change lanes to get into that
other street.

　　　　好呀。我得變換車道，開到另一條街道上。

中國人： ***Why don't you pull over and fill her up first*** ？

　　　　為何不先把車子靠邊停下來加油呢？

📘 lane〔len〕*n.* 小路；小徑；公路上的車道

　　drive-in〔ˊdraɪv͵ɪn〕*n.* 免下車餐館

迷你情報　以下有幾個和開車有關的用法：" pull over "是指「把車子靠邊停」，
" back up "是指「後退」，" pull into "是「靠近～」。「進入左線
車道」用 " get into the left lane "，「朝向～」用 " head for
... " 如：" Head for the church. "（向著教堂方向開。），" Let's head
home. "是指「回家」的意思。" fill up the tank "是指「加油」。車子的
代名詞用 " her "。

77 考駕照

> ### 就只有這樣嗎
>
> **Is that all there is to it?**

考駕照的規定

　　每一州對於考駕駛執照的規定各有不同。但是，一般都有**筆試、視力檢查、實際技術（路考）**三項。筆試只是考一些和交通規則有關的簡單選擇。在二十個問題中，答對**百分之八十以上**，就算合格了。通常只是出一些普通常識的試題，可以參考*State Driver's Office* 所出版的交通規則，來準備考試就可以了。路考時，主考官坐在旁邊，繞著城鎮一、二圈，沒有問題，就可通過了。如果在國內已有駕照的人，於出國前換成**國際駕照**，這樣到美國就可以直接開車了。

流行口語

1. It's *a piece of cake*. 輕而易舉。

2. *A child could master it* in a minute! 連三歲小孩都會！

3. *What a cinch*! 太容易了！

4. No problem! 沒問題！

5. There's really *nothing* to it *at all*. 真的沒什麼。

6. *Easy as ABC*. 非常簡單。

實況會話

中國人： I'd like to get a driver's license...

　　　　我想考駕照…

外國人： Just go to the police department. You can take

　　　　the test on any weekday between nine and four.

　　　　到警察局。在辦公時間每天九點到四點之間參加考試。

中國人： ***Is that all there is to it***? Are you sure?

　　　　就只有這樣嗎？你確定？

外國人： Yes. It's quite simple.

　　　　是的。非常簡單。

🔠 license〔'laɪsn̩s〕*n.* 執照

迷你
情報

提醒、叮嚀別人說：「那樣就可以嗎？」，可以用 "Is that all?"
也可以用 "Is that it?"。肯定地回答別人這類詢問時，用 "That's
all." 或 "That's all."，如果是表示某個手續辦完了，還可以用
"All set."。

78 買中古車

> 我打算買一部中古車
>
> **I'm thinking about getting a used car.**

買 車

　　雖然是住在學校中，只是來往宿舍、教室、圖書館，但是，沒有車子還是很不方便。一直搭別人的便車，也挺不好意思的。有了車子，約會、飆車、上街購物都很方便。通常一輛新車約 10,000 美元，而中古車約 3000 美元左右。保險費是按照車子的車型和所有者的年齡不同，而繳交不同的保費。但是至少約 300 美元左右。

流行口語

1. I'm trying to get my hands on *a set of wheels*.
   我想買（或弄）部車子。

2. I'm thinking about getting a new job. 我想找一份新工作。

3. I'd like to take a look at *what you got*. 我想看看你的東西。

4. Let me take it for *a test drive*. 讓我試一試車子。

5. Let's go for a little *spin around* the block.
   開車到街上繞一繞吧！

6. *Check it out*！試一試（車子等）。

實況會話

外國人：Good afternoon, ma'am. Are you looking for a
　　　　car？午安，女士。你要選車嗎？

中國人：Well, *I'm thinking about getting a used car...*
　　　　A compact model.
　　　　是的，我打算買一部中古車…。小型汽車。

外國人：In that case, you should take a look at some of
　　　　our Japanese models.
　　　　既然如此，那你應看看我們一些的日本車型。

📕 compact〔'kɑmpækt〕*n.* 小型汽車

迷你
情報

進行式的" I'm thinking about（of）～ ing..."（我打算～）這個
句型和" I'm going to..."的意思相同。「看～」可以用" have a
look at..."也可以用" take a look at "。但是，「仔細看」是用
" take a close look "，「瀏覽」是用" take a quick look "。

79 車 禍

你早該小心一點的

You should have been more careful.

發生車禍時

在美國，發生交通事故時，如果是**肇事者**，必須負責賠償損失，有的甚至終其一生都賠不完。所以，開車時，千萬要很小心。萬一，真的發生了車禍，不要馬上就說：「對不起。」因為，只要說 "*I am sorry.*" 就表示承認自己錯了，這樣就得負起所有的責任。所以，無論如何也要**據理以爭**。

流行口語

1. You should have known better. 你應該知道的。

2. He should have been here by now. 他現在應該到了才對。

3. *Use your head* next time！下次多用點腦筋！

4. *Above all things*, be careful！最重要的是，要小心！

5. Have a nice trip; see you next fall.
   祝你旅途愉快，明年秋天見（祝你出差錯，下次失敗時再見）。

   * trip 和 fall 皆為雙關語。

實況會話

中國人： Oh my God！ ***You should have been more careful.***
　　　　Weren't you looking ahead？
　　　　　噢，我的天！你早該小心一點的，你沒看前面嗎？

外國人： Well, you shouldn't have stopped so suddenly,
　　　　young lady. 哦，你不該突然煞住車子，小姐！

中國人： I think you were following too close. You'll have
　　　　to pay for the repairs to my car. Let's call the
　　　　police.
　　　　　我覺得你開得太靠近了。你得付我的汽車修理費。我
　　　　們叫警察來。

🈂 repair〔rɪ'per〕*v.*, *n.* 修補；修理

迷你
情報
　　" You should have..."是用在對已經發生的事，所表示的惋惜和遺
憾。如："You should have told me that beforehand.（你應該
事先告訴我的。）

80 看　病

我的胃似乎不太對勁
Something seems to be wrong with my stomach.

學生醫療保險

　　每一所大學，都有**學生醫療保險**。保險所涵蓋的範圍很廣，原則上，身體有不舒服時，到 *Student Health Center, Health Service, Infirmary* 等地方看病，一律**免費**。但是，如果沒有加入大學保險，就無法享受這些福利。所以，留學生即使已投保其他保險了，最好還要投保學生醫療保險。在美國的醫生只負責**看診**，並不配藥，所以，拿到**藥方**（*prescription*），還要到藥局配藥。

流行口語

1. Something seems to be wrong here. 這裡好像不太對勁。

2. I *seem to be* in the wrong place. 我似乎搞亂了。

3. Something is *messed up* here. 這裏弄糟了。

4. I wish I knew what was wrong with him.
　　我不知道他到底怎麼了。

5. My stomach *hurts* something awful. 我的胃很痛。

實況會話

中國人：Doctor, ***something seems to be wrong with my stomach.***

　　　　醫生，我的胃似乎不太對勁。

外國人：Oh, you've probably been eating too much American food！ Let me take a look...Uh huh. Just as I thought. Here. Get this prescription filled.

　　　　噢，你很可能是因為吃了太多的美國食物。讓我瞧瞧…嗯，正如我所推斷的。這裏。照著藥方配藥。

📖 prescription〔prɪˈskrɪpʃən〕*n.* 藥方

" Something seems to be wrong with..."這句型常用來表示「身體的不舒服」。但是，如果是具體的「胃痛」就用 " I've got a stomachache." 或 " My stomach hurts."。表示「～痛」，通常用 " ～ hurts." 的句型。但是，「喉嚨痛」是用 " I have a sore throat."

81 找牙醫

> 我想我有蛀牙了
>
> **I think I've got a cavity.**

牙　齒

　　大學中的**保健室**，除了牙齒以外，幾乎什麼病都看。感冒、眼睛痛，減肥等等，都可以充分利用保健室看診。如果遇有需要專門的治療，就轉交由**專門醫生**處理。但是，在牙齒的治療方面，就不在保險範圍內，拔智齒（ wisdom tooth ）大概需要 50 美元，費用非常貴。所以，如果有牙齒的疾病，在出國前就要治療好，否則到美國，就得花一大筆錢在治療牙齒上。

 流行口語

1. *I think* I'm sick. 我想我病了。

2. I've got to get a cavity removed. 我必須把蛀牙拔掉。

3. I think *I've got to be going* now. 我想我該走了。

4. *It's time for a trip* to the dentist. 該去看牙醫了。

5. I need to get my teeth cleaned.
   我必須（到牙醫那裏）洗牙齒。

6. It's time for a *check-up* again. 該再做一次檢查了。

實況會話

中國人：Oh, I've got a toothache. *I think I've got a cavity.*

噢！我牙齒好痛。我想我有蛀牙了。

外國人：Why don't you go to the dentist？Check the Yellow Pages for one that's nearby and phone for an appointment.

你怎麼不去看牙醫呢？查一下分類電話簿，找家附近的牙醫，然後打電話掛號。

🔢 cavity〔ˈkævətɪ〕*n.* 洞　　dentist〔ˈdɛntɪst〕*n.* 牙科醫生

迷你情報　美國的牙醫認為牙神經（nerve）比牙齒本身（tooth itself）還重要。所以，常動不動就要拔牙。如果牙醫希望你拔牙，說 " You should have it removed. "（你應該拔牙。）你若不願意，可以回答說：" Will you give temporary treatment？（請你先作暫時的治療好嗎？）

82 到教授家

我被邀請到希斯教授家參加宴會

I have been invited to Professor Hess's house for a party.

宴 會

　　中國人一提到**宴會**（ *party* ），就覺得很正式。事實上，美國人常利用宴會，找幾位朋友聚在一起。不必刻意打扮，也不必裝模作樣的，是很輕鬆地隨便**聊聊天**的場合，也是個**擴展生活圈子**的場合。所以，如果被教授邀請到他家，穿著**平常便服**前往即可。有時，為了增加宴會的和樂氣氛，還有以一個人帶一樣最**拿手的菜**參加的方式。

流行口語

1. I was invited to *a little get-together* at the beach.
   我被邀請參加在海邊舉行的小聚會。

2. You always *throw* the best parties. 你辦的舞會最棒！

3. Why don't we get together *for a bash*?
   為何我們不聚一聚，狂歡一下？

4. Let's party, *dude*! 我們去舞會吧！帥哥！

實況會話

中國人： *I have been invited to Professor Hess's house for a party.* What do you think I should wear?

　　　　我被邀請到希斯教授家參加宴會。你覺得我該穿什麼?

外國人： What kind of party? 是哪種宴會?

中國人： Jenny said it's a potluck party.

　　　　珍妮說那只是吃頓便飯。

外國人： Then everyday clothes will be okay. But you should prepare a Chinese dish to share with everyone.

　　　　那麼日常便服就可以了。但是你應該準備些中國菜餚與每個人分享。

📑 potluck〔'pɑt,lʌk〕*n.* 便飯

迷你情報
" I have been invited to …" 是指「被人邀請參加～」但是,也可用主動,如：She invited me over to her place for dinner.(她邀請我到那裏吃晚飯。)如果是你主動邀請朋友到家裏來用餐,就用 " I had a few friends over for dinner."

83 幫　忙

有什麼我可以幫忙的嗎

Is there anything I can do to help?

晚　宴

　　對美國人而言，**晚餐**是一天最重要的一餐。因為，早上總是慌慌張張的，中午又只是吃些冷食。只有晚上才能在家輕**鬆**地享受一餐熱騰騰的晚餐。但是，如果邀請客人到家中來用餐，就成了有點正式的**晚宴**（ *dinner party* ）客人不必刻意打扮，男士只要打個領帶，套件夾克；女士穿件合適的洋裝赴宴即可。如果你還不熟悉當地的風俗，可以事先詢問朋友，該如何穿著，總以**合宜大方**為主。到國外留學，除了讀書之外，透過各種社交，可以了解到該國家的**文化特色**。這也是留學最大的收穫。

流行口語

1. Is there anything anyone can *do for this person*?
   有人能幫這個人的忙嗎？

2. What can I do? 我可以幫什麼嗎？

3. Allow me to do that for you. 讓我替你代勞吧！

4. Do you *need a hand*? 須要幫忙嗎？

5. Get over there and *help* her *out*. 到那邊幫她忙。

實況會話

中國人： *Is there anything I can do to help*？

　　　　有什麼我可以幫忙的嗎？

外國人： Oh, thanks. Would you take those napkins and forks, please？

　　　　噢，謝謝。能否請你幫我拿那些餐巾和叉子？

中國人： Certainly. Where shall I put them？

　　　　當然，我應放在哪裏？

　　napkin〔'næpkɪn〕*n.* 餐巾

迷你情報

　　在家庭中所舉行的 " dinner party "，多多少少需要人手。主動地詢問是否可以幫得上忙的地方，可以籠統地問 " Can I help you with anything？" 或是明確地問 " Do you want me to set a table？" 主人也許會很客氣地拜託你說 " Go and put the plate down on the table, please." （請幫忙把盤子拿來擺放在桌子。）

84 在宴會上

我馬上去拿
I'll get them right away.

宴會上的禮儀

　　在準備宴會之前，幫忙主人排排餐具，拿拿碗盤是應該的。但是，等宴會開始，大家都聚集在桌旁時，若還有客人熱心地**忙來忙去**，在廚房進進出出的，這樣就顯得**不太禮貌**。對美國人而言，宴會，本來就是個**愉快聊天**的地方，不希望有其他雜事打斷了彼此的交談。

 流行口語

1. I'll get them in *just a second*. 我馬上弄好。

2. I'll bring it *in a jiffy*. 我馬上拿來。

3. *In a minute*, OK？ 等一分鐘，好嗎？

4. Just cool it a minute. 冷靜一下。

5. They will be there！ 你要的東西馬上送來！

6. I'm on my way. 我這就要去了。

7. Don't get too personal. 別管人家的閒事。

實況會話

外國人： Oh. There aren't any spoons. 哦，沒有湯匙。

中國人： We can't eat the rice pudding without spoons, can we？ *I'll get them right away.*

　　　　沒有湯匙，我們怎麼吃米布丁？我馬上去拿。

外國人： Just hold your horses, Mei-mei. The spoons can wait. Our conversation isn't over yet. And it's more important than the spoons.

　　　　別忙，美美。湯匙可以待會兒再拿。我們的話還沒聊完。再說，聊天比湯匙重要。

to hold one's horses 鎮靜；別衝動

"get" 有很多意思，在此當「拿、取」之意。"Should I get forks？"（我該去拿叉子吧？）"Do you want me to get forks？"（你要我去拿叉子嗎？）當電話鈴響時，"I'll get it." 是表示「我去接。」從座位上，站起來時，別忘了說聲 "Excuse me. I'll be right back."（抱歉，我馬上回來。）

85 在加拿大邊境 (1)

> 我必須有另一份的I-20表嗎
>
> **Do I need to have another I-20?**

什麼是 I-20

　　到美國留學期間，逢放長假的日子，可以到鄰近的國家走走。如：**加拿大、墨西哥**等等，都是值得前去一遊的國家。因為是外籍留學生的身份，所以，從其他國家再入境美國時，仍舊需要有**I-20 form**。這張表格是**入學許可書**，也是**在學證明書**。當你申請學校時，校方允許你入學，就會寄來這份表格讓你填寫。

 流行口語

1. Do I need the other form？我需要其他表格嗎？

2. I don't have another I-20！我沒有別的 I-20 表！

3. Do I have to have it？我必須有嗎？

4. It's *a must-have situation.* 那是必經的過程。

5. *I'd rather* do without it. 我寧願不用它。

6. I don't need to but I want to.
   我不必做，但我想做。

實況會話

外國人：Would you show me your I-20 form, please?
能請你出示你的 I-20 表嗎？

中國人：Oh, *do I need to have another I-20*?
哦，我必須有另一份的 I-20 嗎？

外國人：Yes. You can't be admitted back into the U.S.
without one.
是的。沒有另外一份就不能再入境美國。

📖 admit〔əd'mɪt〕*v.* 承認；許可

迷你情報

" another " 是指「另外一個的」，最常用的句型有 " one...another " 通常是用於表示多數中兩者間的對照，如：" I don't like this one, show me another. "（我不喜歡這個，給我另一個。）另外，也用在從許多東西中以不特定的順序選物（人）時，如：" one..., another..., a third... "

86 在加拿大邊境(2)

> 我無法入境加拿大
>
> **I couldn't get into Canada.**

再入境

　　到其他國家旅遊時，如果不慎把 I-20 form 弄丟或忘了帶出門，這樣要**再入境美國**就很麻煩了。在不得已的情況下，可以從其他國家打國際電話回學校向**外籍學生顧問**（*foreign-student advisor*）求救，請他幫忙再補發 I-20 form。

流行口語

1. They wouldn't let me *cross the border*.
   他們不讓我經過國境。

2. I couldn't *get into* Jazz music. 我不喜歡爵士樂。

3. They *kept* me *out*. 他們不准我進入。

4. Just *stay out of* here! 離這兒遠一點！

5. Don't let them in here! 別讓他們進來。

6. I'm not into the drug scene.
   我討厭吸毒的種種。

實況會話

中國人：Hello, Dr. Smith? *I couldn't get into Canada.*
　　　　I was told I don't have an I-20 form, so they
　　　　wouldn't let me out of the U.S.

　　　　喂，史密斯博士嗎？我無法入境加拿大。他們說我沒
　　　　有那張 I-20 的表格，所以他們不讓我出境美國。

外國人：Where are you? 你現在在那裏？

中國人：I'm at Niagara Falls, at the border.
　　　　我在尼加拉瓜瀑布，就在邊境這裏。

📘 border〔'bɔrdə〕*n.* 邊境

「入境」的片語用 "get into"，名詞是 "entry"。如果證件不齊全，
就會被拒絕入境（refused entry into a country）。入境的檢查人
員叫做 "immigration officer"。

87 參加夏季學校

> 我想要選化學101
>
> **I'd like to enroll in Chemistry 101.**

夏季學校

　　一些大規模的大學，在暑假期間，都會開一些**暑修**的課程。通常所修的學分，都會被承認。可是，也有些學校，一定要在某些**特定**的大學所舉辦的**夏季學校**選修，校方才承認學分。所以，要選讀暑修班時，必須先和**導師**商量之後才作決定。各大學在**四月**左右，會公佈夏季學校的簡章，所以，先函購、收集這些簡章之後，再決定要讀哪一所夏季學校的課程。

 流行口語

1. I'd like to *enroll in* this school. 我想進這個學校唸書。

2. What's the enrollment there? 註冊的學生人數有多少？

3. I want to *join* that class. 我想進那個班。

4. Chem 101 is *a real breeze*. 化學101真輕鬆。

5. Chem 101 is *a real drag*! 化學101是門很累人的課！

6. Where do I *sign up* for this class?
　　我選這門課，要在哪裏簽名？

實況會話

中國人： I'm thinking of going to summer school at Harvard. 我打算進入哈佛的夏季學校。

外國人： What courses were you thinking of taking?
你曾考慮要選修哪些課程？

中國人： ***I'd like to enroll in Chemistry 101*** and the Introduction to Dance course.
我想要選化學 101 和舞蹈概論。

外國人： Quite a combination! 很特殊的課程組合！

introduction〔͵ɪntrəˈdʌkʃən〕*n.* 緒論；概論

迷你情報

「想選修某某學分」所用的句型是 " I'd like to enroll in～ . " 或 " I'd like to take～ . " 表示「學分」的字是用 " credit "。在美國，有一種「聯合學分制度」(cross registration system)，這是指在夏季學校所選修的學分，或在其他學校曾修過的學分，都可以和自己就讀的大學所修的學分一起累加計算。

文化溝通—
台灣和
美國

**East meets
West**

(1) *Did you see the headlines today?*
你看了今天的報紙標題嗎?

(2) *I've never had it in Taiwan.*
我在台灣從沒吃過。

(3) *Let him prove his stuff.*
讓他表現一下。

CHAPTER 7

(4) *People will think you are strange if you do it.*
要是你那樣做，別人會覺你很奇怪。

(5) *It's not a problem anymore.*
那再也不是問題了。

(6) *Give me a shot.*
讓我試一試。

(7) *Maybe Chinese parents are too generous.*
或許中國父母太大方了吧！

(8) *What does the future hold for you?*
你將來有什麼打算？

(9) *It's nothing.*
沒事了。

(10) *He blew the test.*
他考砸了。

(11) *I think it's a good system.*
我覺得這是種良好的制度。

(12) *Aren't you being too sensitive?*
你會不會太敏感了？

88 談泡茶

整個泡茶過程得花相當長的時間

The whole ritual takes a long time.

茶 藝

在國外留學，是處於異文化的社會中。留學生，就扮演著**傳播文化**的角色。身為中國人，有很多值得我們向外國人介紹的**優良文化**和**民俗技藝**。喝茶的習慣是起源於中國，後來傳到歐美，蔚為風尚，時至今日他們還有 *tea time*，可見他們對喝茶的喜好，並不亞於中國人。中國人喝茶講究**泡茶的時間**、**茶具**，還有**茶種**，這些都是值得向外人一提的。

 流行口語

1. The whole thing *takes forever*. 整個過程要花很長的時間。

2. I don't want to sit *through* the whole thing.
   我不想整個過程從頭坐到尾。

3. Ceremonies take forever! 典禮常常費時很久！

4. When will this end? 什麼時候結束？

5. *Sit tight*, this is going to take a while.
   保持鎮靜吧，還得等一會兒。

6. You'll have to *hold on* for a while. 你必須等一下。

實況會話

外國人：What's the reason for such tiny little teapots?
為什麼要用這麼小的茶壺？

中國人：The Chinese believe that if the teapot and
teacup are small, then the tea will be better.
中國人相信，茶壺和茶杯小，茶會比較好喝。

外國人：Then tea is not supposed to be a thirst quencher,
like ice-tea is in the United States.
那麼，茶不像美國的冰茶，被當做解渴的飲料。

中國人：Oh no！The whole ritual takes a long time. You
should spend an afternoon in a tea shop savoring
a cup of tea.
噢，不！整個泡茶過程得花相當長的時間。你往往得
花一整個下午在茶室裡，來品嘗一杯茶。

🈴 quencher〔ˊkwɛntʃɚ〕*n.*〔俚〕飲料；解渴之物

"ritual"是指「典禮」或「儀式的過程」，但是在此是指「整個泡
茶的過程」。"savor"當名詞時，是指「滋味、風味」；當動詞時，
則有「欣賞…的味，品味」的意思。

89 談中文

在中文裏我們很少那樣說
We don't really say that in Chinese.

語言的差異

　　同樣的感情、事物，透過二種不同的語言來表達時，就會產生不同的感受，這就是**文化的**（ *cultural* ）差異。所以，一些文學作品，譯成另一種文字時，因為語言上的限制，很難傳神地表達出原作者的感情或意念。一個英文字，要譯成中文時，就有不同的解釋。同樣地，一個中文字，也可以在英文中找到多種不同的用法。例如：中文可以用一個「喝」字來表示喝水、喝湯、喝藥。但是，在英文中卻是 *drink* water，*eat* soup，*take* medicine。

流行口語

1. *We don't do that here*. 在這裏，我們不這樣做。

2. People will think you are strange if you do it.
　　要是你那樣做，別人會覺得你很奇怪。

3. *You can't say that here*！ 在這裏，你不能那樣說話！

4. That's really impolite to say here.
　　在這裏，這樣說話很不禮貌。

5. Don't even *think of* doing that here.
　　在這裏，連想都別想那麼做。

實況會話

外國人： Mei-mei, can you teach me how to say "I love you" in Chinese?

美美，你能教我用中文說 "I love you" 嗎？

中國人： Well, we seldom say that in Chinese. It's... well, it's not natural.

噢，在中文裏我們很少那樣說，那太…那不太自在。

外國人： You mean your mother seldom told you that she loved you?

你是說你媽媽很少對你說她愛你嗎？

迷你情報　有心想學中文的人，常會問留學生說 "How do you say... in Chinese?" 但是，有些話很難直接翻譯時，就要說 "Literally it means ... but we don't really say that in Chinese." 如果對方還是很難理解，可以向他們解釋，因為是 "We have different cultures."（文化不同）。

90 談戒嚴法

那麼，現在沒有威脅了嗎

So there is no longer a threat now?

敏感問題

　　和外國人交談時，總免不了談到自己國家的**政治、經濟、文化**等。當談到政治的敏感問題時，不必避而不言，但是，要知道一些專有名詞的講法，如：國家安全法（National Security Law），戒嚴法（*Emergency Decree*, or *martial law*），執政黨（*ruling party*），國民黨（*Kuomintang Party*），民進黨（*Democratic Progressive Party*）等等。

流行口語

1. It's not a problem anymore. 那再也不是問題了。

2. That storm looks threatening. 那個暴風雨看起來具有威脅性。

3. He's **under a lot of pressure** these days.
　　這幾天他受到很大的壓力。

4. It's not **a big deal** now. 現在那件事已經沒什麼了。

5. It's nothing. 沒事了。

6. What's the big deal? 發生什麼大事了？

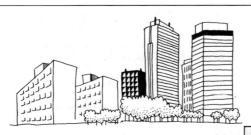

實況會話

外國人： Why was Taiwan under martial law for so long?
為什麼戒嚴法在台灣實施這麼久？

中國人： The Emergency Decree was enacted because there was an imminent danger of invasion from the mainland.
戒嚴法的頒布，是因為面臨大陸入侵的緊急危險。

外國人： *So there is no longer a threat now*?
那麼，現在沒有威脅了嗎？

中國人： There is still a threat, but our economic and social progress has risen enough to confidently counter their threat. Now the National Security Law has replaced martial law.
威脅仍然存在，但是我們經濟與社會的進步已經足以遏阻他們的威脅。現在國家安全法代替戒嚴法。

註 *martial law* 戒嚴令；戒嚴法　　decree〔dɪˈkri〕*n.* 命令；法令

迷你情報

" enact " 用在法律、條文是指「制定、頒布，規定」的意思。另外，也可以用來表示「扮演」的意思。如：" He enacts the part of an Indian very well." (他扮演印第安人一角，演得很好。)

91 談貿易摩擦

報上說，台灣擁有鉅額的貿易盈餘

The paper says that Taiwan has a huge trade surplus.

報導台灣的消息

　　有關**貿易逆差**的話題，是很熱門的。尤其是" *Time*"和"*Newsweek*"偶而報導台灣的種種。這兩本雜誌，常提供美國人有關台灣的文化、外交、經濟等等資訊。所以，有些美國人看了之後，會在宴會上和台灣留學生討論起來。

流行口語

1. *According to* the paper it's going to rain. 報上說今天會下雨。

2. *I read in the paper that* we're in for a storm.
　報上說今天會有暴風雨。

3. Taiwan has a massive surplus. 台灣有鉅額盈餘。

4. We sell more than we buy. 我們賣的比我們買的多。

5. *The top story* is Taiwan's trade surplus.
　頭條新聞是台灣的貿易盈餘。

6. Did you see the *headlines today*?
　你看了今天的報紙標題嗎？

實況會話

外國人：***The paper says that Taiwan has a huge trade surplus** while the U.S. has an increasing trade deficit.*

報上說台灣擁有鉅額的貿易盈餘，而同時美國卻有逐漸增加的貿易赤字。

中國人：I think it's partly because the quality of Taiwan's products is high.

我想那部分原因是台灣產品的品質較高。

外國人：Well, I think Taiwan should buy more agricultural products from the U.S.

嗯，我覺得台灣應多向美國購買農業產品。

📖 surplus〔'sɝplʌs〕*n.* 剩餘　　deficit〔'dɛfəsɪt〕*n.* 赤字

迷你情報

「報紙上說～」句型是用 " The paper says that..."。「貿易赤字」是 " trade deficit"，「貿易盈餘」是 " trade surplus"。" deficit" 本來是指「不足」的意思，" surplus" 則有「剩餘、過剩」的意思，在會計上是指「盈餘」。

92 在超級市場

> 我在台灣從沒吃過
>
> **I've never had it in Taiwan.**

點　券

　　到超級市場購物之前，要做的一件事是，看**雜誌、報紙**，收集一些**點券**。通常，星期天的報紙上，會有點券的刊印。雜誌上的廣告欄，有時也印有點券。收集這些點券，購買東西，可以享受到**折扣**。如果能善用這些報章雜誌上的點券，在購物上，可以省下一小筆開支。

流行口語

1. I haven't had the pleasure. 我無此榮幸。

2. I've never experienced it. 我從沒有碰過這種事。

3. You can't find it there. 你在那裏找不到的。

4. It's nowhere to be found there. 找不到那個地方。

5. Even if you looked you couldn't find it.
　　即使你張大眼睛找，也找不到。

6. It's no use trying. 別試了，沒用的！

實況會話

中國人：What a big chicken！好大的（一隻）雞呀！

外國人：Mei-mei, that isn't a chicken. It's a turkey.
        It's the main dish at Thanksgiving.

        美美，那不是雞，是火雞。火雞是感恩節的主菜。

中國人：Turkey？*I've never had it in Taiwan.*

        火雞？我在台灣從沒吃過。

📖 Thanksgiving〔,θæŋks'gɪvɪŋ〕*n.* 感恩節（ = *Thanksgiving Day*）

迷你情報　在超級市場中，有很多台灣沒有的東西，可以用 " We don't have it in Taiwan." 表達。如果是指不曾吃過，則用 " I've never had it in Taiwan." 表示。對方聽你這麼說，會鼓勵你說 " It's good. You should try it." （很好吃，你試試看。）

93 學包裝

> 讓我試試
>
> **Let me try my hand at it.**

體驗美國生活

　　在美國的大學裏唸書，這只是留學生的一部分功課而已，還有一件重要的功課是，親身體驗美國這個國家。要從**生活**和**遊玩**中來慢慢體會。可以邀幾位好友騎單車到處走走，或是邀請一些同好，一起做一些有意義的活動。在共同的嗜好上，建立良好的人際關係，進而了解美國這個國家。

流行口語

1. Let me *have a go* at it. 讓我試一試。

2. *Give me a shot*. 讓我試一試。

3. Let him prove his stuff. 讓他表現一下。

4. Let's see if he's worth his salt.
　　讓我們看看他是否真的很有能力。

5. *Go for it*！去做吧！

6. Let him *have a swing* at it. 讓他試一試吧！

實況會話

中國人：What are you doing, Kathy？你在做什麼，凱西？

外國人：I'm wrapping a Christmas present. But I'm not good at it. It just doesn't seem to come out.
我正在包聖誕節禮物。但是我包得不好。只是讓禮物別露出來而已。

中國人：***Let me try my hand at it***. There you go.
讓我試試！嗯，給你。

外國人：Wow！ Mei-mei, you sure are skillful with your hands. 哇，美美你的手真是靈巧！

註 wrap〔ræp〕*v.* 包裹

迷你情報

「讓我試試看」所有的句型是 "Let me try ～." 但是如果是表示「讓我幫你」是用 "Let me do it for you." 這句話是用在你對某些東西很在行，很樂意幫別人時。例如，你很會縫衣服，你可以說 "I'm good at sewing. Let me do it for you."

94 談教育小孩

談到錢，美國父母難道不會太嚴了嗎

Aren't American parents too strict when it comes to money?

儉樸的美國學生

在美國的大學，私立學校一年的學費，大概需要一萬美元。再加上其他住宿費、伙食費、雜費等等，大約需五千美元左右。若不是很富裕的家庭，家裏要是有幾個小孩要唸書，父母的生活擔子就很重。所以，美國學生大部分都很**儉樸**。而有錢人家的小孩，不願意依賴父母，也都找兼差的工作，賺取學費。學校方面也有**貸款制度**（*Financial Aid*），但是，成績必須在C**以上**才能辦理。

流行口語

1. Aren't you being *too sensitive*? 你會不會太敏感了？

2. Aren't you being *a bit stupid*? 你會不會有點愚蠢？

3. I blush when it comes to talking with girls.
   每次和女孩子講話，我都會臉紅。

4. Some people are *tight-wads*. 有些人很小氣。

5. Spend it while you have it. 有錢就要花。

6. Aren't you being *a bit too hard on* them?
   你這樣對他們，會不會有點太嚴厲了？

實況會話

中國人： *Aren't American parents too strict when it comes to money*? They don't give money to their children.

　　　　談到錢，美國父母難道不會太嚴了嗎？他們不給孩子們錢花。

外國人： Well, we make our own money doing part-time jobs. 嗯，我們兼差來自己賺錢。

中國人： Maybe Chinese parents are too generous.

　　　　或許中國父母太大方了吧！

註 generous 〔 ˋdʒɛnərəs 〕 *adj.* 慷慨的

迷你
情報

「談到～問題」所用的句子是 " When it comes to..."。打工兼差性質的工作叫做 " part-time job "，全時間的工作就稱之為 " full-time job "。

95 談重考生

> **在台灣，我們有學生叫做「重考生」**
>
> In Taiwan, we have students called
> " Chung-kao-sheng. "

互相影響的語言

　　在中文裏有很多字彙是從英語來的，如：雷達（ radar ）、阿斯匹寧（ aspirin ）、愛克斯光（ X-ray ）、可樂（ cola ）、蘇打（ soda ）等等。但是，英文中也有一些字彙是受了中文影響而廣為使用的，如：*mango*（芒果）、*lichee*（荔枝）等等。甚至在打招呼的用語中，也有受中文影響的講法，如：" *Long time no see.* "（好久不見。）所以，如果在談台灣有，而美國沒有的東西時，除了直接用中文發音之外，還要再加以說明，對方才有可能了解。

流行口語

1. He's *a flunkey*. 他被當掉。

2. He didn't *make the grade*. 他書讀得不好。

3. You're not *up to snuff*. 你不夠精明。

4. He didn't pass his SAT. 他的 SAT 考試沒有通過。

5. His GMAT wasn't high enough. 他的 GMAT 分數不夠。

6. He *blew* the test. 他考砸了。

實況會話

中國人： *In Taiwan, we have students called "Chung-kao-sheng."*

在台灣，我們有學生叫做「重考生」。

外國人： What does "Chung-kao-sheng" mean?

「重考生」是什麼意思？

中國人： "Chung-kao-sheng" are students who have failed their college entrance exams. They go to a cramming school and wait one year for another chance to take the entrance exams.

「重考生」是指那些沒有通過入學考試的學生。他們得去補習學校待上一年，以準備下一次的入學考試。

迷你情報 | 在英文中，沒有表示「重考生」這個字，這是因為美國沒有「大學入學考試」，所以就沒有「重考生」。而補習班是"cramming school"，在美國的"preparatory school"是指正規的升學高中。

96 談大學

> 在台灣，大學是個很輕鬆的地方
>
> **In Taiwan, universities are a kind of leisure-land.**

中、美大學生的不同

　　美國高中生的求學態度很**散漫**，但是，一進了大學，他們就意識到**競爭**的氣氛，他們每個人都互相以對方為競爭對手，所以，美國的大學生一般而言，都是非常努力用功。反觀，我國的學生，在高中為了擠進大學的窄門，竭盡全力地唸書。一旦上了大學，卻又輕輕鬆鬆地就能拿到畢業文憑。這是中美大學生的基本不同點。

流行口語

1. College is *a breeze* here. 在這裏唸大學很輕鬆。

2. School here is no problem. 在這裡唸書沒問題。

3. Once you're in, it's *a cake walk*. 只要能進來，就能輕鬆出去。

4. We're talking "*Easy Street*" here. 我們在這裡很輕鬆。

5. My course load is so *light* and *easy*.
   我的課很輕而且容易。

6. "Are you studying hard?" "Hardly studying."
   「你很用功唸書嗎？」「幾乎不唸。」

實況會話

中國人： It isn't easy to graduate from an American
college, is it?

　　想要從一所美國大學畢業並不容易，不是嗎？

外國人： Well, in the U.S. you really have to study hard.

　　嗯，在美國唸書必須非常用功。

中國人： *In Taiwan , universities are a kind of leisure-land.*

　　在台灣，大學是個很輕鬆的地方。

註 leisure〔ˈliʒɚ, ˈlɛʒɚ〕*n.* 自在；不勉強

迷你情報　　" leisure " 本來是指「空閒，閒暇」的意思，所以，" leisure-time"
是指「有閒暇時的」，例：" His leisure-time problems are
many." (他空閒中的問題很多。) 在台灣的大學是 " resting place
after severe examination competition " (激烈的考試戰爭之後的休息地方)
而在美國的大學，則是 " Admittance is no guarantee of graduation." (入
學並不保證畢業。)

97 談研究所

> 在美國，醫學院是在設在研究所內
>
> **In the U.S., the college of medical science is in graduate school.**

美國的研究所

　　在美國的研究所唸書，必須修滿**必修學分**（通常有**30個學分**），而且要維持**一定的成績**，**論文**通過了，才能畢業。研究所的課程是大學課程的延長，常有大學四年級的學生和研究所一年級的學生，一起上課的情形。成績不可低於69分，平均分數要在B（80~89分）以上，才可以畢業，所以非常不容易。如果大學成績，沒有在B以上，也很難進入研究所。研究所畢業之後，如果還要修博士課程，就得參加**筆試**和**口試**。

流行口語

1. He's a ***grad student***. 他是研究生。

2. Getting into grad school is a ***real bitch***.
   想進研究所唸書很難。

3. In grad school you work your ***buns off***.
   在研究所，你必須用功讀書。

4. Grad school prepares you for ***the real world***.
   研究所可為你將來進入社會鋪路。

實況會話

中國人： *In the U.S., the college of medical science is in graduate school*, isn't that right?

在美國，醫學院是設在研究所內，是嗎？

外國人： Yes. If you want to be a true professional, you have to go to graduate school. It's a lot of hard work.

是的。如果你想作個真正的專業者，你得唸研究所。那是非常累人的。

中國人： I think it's a good system.

我覺得這是種良好的制度。

註 professional〔prəˋfɛʃənḷ〕*adj.* 專業的；*n.* 專家

迷你情報 " school " 和 " college " 是指「（綜合性大學的）院系」，而 " graduate school " 是指「研究所」。大學中的 " Medical School "（醫學院）， " Law School "（法學院）和 " Business School "（商學院）統稱為 " professional school "。如果成績不好，是無法進入這些學院的。

98 談就業

> 畢業後你打算做什麼
>
> **What do you plan to do after graduation?**

在美國就業

　　美國學生在畢業後的前幾個月，通常不會積極地找工作。大多要在聖誕節的假期結束之後，他們才開始考慮就業方向。而實際展開找工作行動，大概在**春假**時。美國各公司的應徵考試，常在週末或假日舉行。考試內容幾乎是**寫作文**和**面試**。在美國，也有**職業介紹所**（*Placement Service*），提供有關就業方面的情報，或是提供就業技術方面的小冊子。

流行口語

1. What are your plans? 你有什麼計畫？

2. What does *your crystal ball say*? 你打算怎麼做？

3. What does the future *hold for* you? 你將來有什麼打算？

4. What's *on the agenda*? 你打算怎麼做？

5. What the heck are you going to do? 你在搞什麼啊？

6. What's going to happen? 到底會怎麼樣？

實況會話

中國人：***What do you plan to do after graduation*? Work?**
畢業後你打算做什麼？工作嗎？

外國人： I sent my résumé to some companies that
seemed interesting.
我寄我的簡歷到一些我感興趣的公司去。

中國人： In Taiwan, students start job hunting before
graduation and start to work immediately after
they graduate.
在台灣，學生在畢業之前就開始找工作，一畢業之後，
就立刻開始工作。

📖 résumé〔͵rɛzʊˊme〕*n.* 簡歷

迷你情報 剛畢業時，問那些畢業生說："Have you decided what you're
going to do?"（你決定做什麼了嗎？）大部分的學生會回答說：
"I haven't had any interviews yet."（我還沒去面試。）其中，
也會有人回答說："I'm going to take a year off before work."（在工
作之前，我想休息一年。）

最後關卡—
畢業考
與畢業

Final Exams
and Graduation

(1) *That professor is really full of it*！

那位教授的確學識豐富。

(2) *He said some things that were right on*！

他說了些中肯的話！

(3) *It was really a bunch of B.S. though.*

那簡直是胡扯。

CHAPTER 8

(4) *Why the long face ?*

為何板著臉 ?

(5) *Can you loan me some time ?*

能寬限一些時候嗎 ?

(6) *I can't do it on time.*

我無法如期完成 。

(7) *I can't decide what to do !*

我無法決定該怎麼辦 !

(8) *Everything is possible. You can do it.*

凡事都可能 ，你辦得到的 。

(9) *I made the grade !*

我及格了 !

(10) *You did it !!*

你成功了 !!

(11) *Thanks for all your help.*

感謝你的全力幫助 。

(12) *I can count on you !*

我可以信賴你 !

99 討論演講內容(1)

> 我認為那是一場非常精彩的演講
>
> **I thought it was a pretty good lecture.**

習慣爭辯

近來大學的課程中很多都安排有**辯論**（ *debate* ）的時間。老師和學生，或是學生之間作**激烈的爭辯**。留學生剛到美國上課，有時會嚇一跳。所以，在平常時，要從會話中訓練自己有**邏輯**的觀念，也可找幾位朋友，模擬一下，但是以**不傷和氣**為原則。

流行口語

1. I **was moved by** that speech. 我被那次演講所感動。

2. That speech **took my breath away**. 那次演講令我大為感動。

3. That professor is really **full of** it！
   那位教授的確學識豐富。

4. That lecture made me think. 那次演講促使我思考。

5. **Don't lecture me**！別教訓我！

實況會話

外國人：Did you attend Professor Green's lecture on
Karl Marx?

你有去聽格林教授有關卡爾馬克斯的演講嗎？

中國人：Yeah. It was really a bunch of B.S. though.

有啊！但是那演講簡直胡扯。

外國人：Why？ *I thought it was a pretty good lecture.*

為什麼？我認為那是一場非常精彩的演講。

中國人：Are you kidding？ It was just a lot of crap
about equality.

你真會開玩笑！那只不過是談論平等的廢話罷了。

註 lecture〔'lɛktʃɚ〕*n.* 演講；講課　　crap〔kræp〕*n.* (俗) 排泄
equality〔ɪ'kwɑlətɪ〕*n.* 平等

迷你
情報

在餐廳常可以聽到同學之間討論老師上課的內容，或是為聽過的演講
內容爭辯。讚美的話可以說 " I thought it was pretty good. "
或 " I thought it was pretty cool. " 如果是貶低的話，就說 " I
thought that was a bunch of B.S. " "B.S." 是 " bullshit "的簡稱。而shit是
指「糞便」的意思，非常不雅，所以，在使用時，要小心。

100 討論演講內容 (2)

> 你不覺得他提出了一些不錯的論點嗎
>
> **Don't you think he made some good points?**

直言不諱

對美國人而言,**開誠佈公**比保全面子更為重要。他們有強烈的自我主張,同時,也有寬大的心胸**接納別人**的意見。他們喜歡**直接了當**,很直率地表達自己的意見。這種性格使美國人能面對面討論分歧的意見,力求自己消除誤解,而不必求助第三者來調解糾紛。

流行口語

1. He had some *good ideas*. 他有些好見解。

2. He said some things that were *right on*! 他說了些中肯的話!

3. You've got some right-on ideas. 你有些見解不錯。

4. Listen to the man! 仔細聽那個人說話!

5. The man is trying to *talk sense*. 那個人在設法講道理。

6. He's talking sense here and now. 他現在說得有理。

實況會話

外國人： But *don't you think he made some good points*?
Don't you agree that material goods are necessary
if there is to be any equality at all?

但是你不覺得他提出了一些不錯的論點嗎？你難道不
同意，如果要有完全的平等，那麼物質用品就是必需
的嗎？

中國人： No. I disagree. Anyway, the first question that
needs to be considered is "Why do people have
to be equal at all?"

不。我反對。不管怎麼說，需要考慮的第一個問題就
是「為什麼所有的人都要相等？」

註 material〔mə'tɪrɪəl〕 *adj.* 物質的

迷你
情報

在討論或辯論時，稱讚某人有很好的論點，所用的句子有 "He made
some good points." 或 "He had some really good points." 如果
對方不同意，以 "No." 回答，可以再追問說 " What's wrong with
it?"

101 收到警告書

凱西，你爲什麼如此悶悶不樂

Why so glum, Kathy?

警告書

　　美國修學分的方式是以**學期制**來計算。上學期（9月～1月）和下學期（2月～6月）是完全獨立的。如果在第一年的上學期，選修了五個科目，成績是"C・C・C・D・D"，這樣的平均成績是在**C以下**，就會收到學校寄來的**警告書**。這是警告學生在下學期，一定要努力，使兩學期的成績不在C以下。如果無法使上下學期成績達到C以上，就會遭到**退學**的處分。

流行口語

1. Why the *long face*? 爲何板著臉？

2. What's wrong with you? 你怎麼了？

3. You *look like* you lost your best friend.
　　你看起來好像失去了最好的朋友一樣。

4. What's all the *crying for*? 這鬼叫是怎麼回事？

5. I *feel like hell*! 我覺得很不舒服！

6. You *look like hell*! 你看起來很糟！

中國人：***Why so glum, Kathy?***
　　　　凱西，你為什麼如此悶悶不樂？

外國人：I just got a probation slip.
　　　　我剛剛收到警告書。

中國人：What's a probation slip?
　　　　什麼叫做警告書？

外國人：It's a warning. If I get bad marks again, I'll
　　　　be dropped.
　　　　那是個警告。我如果再考不好，就會被退學。

📑 probation〔proˈbeʃən〕*n.* 試驗；緩刑　　　drop〔drɑp〕*v.* 開除

迷你
情報　　問別人「為何悶悶不樂（或難過）？」的句型是 "Why（are you）
so glum（sad）?" 若問別人「為何這麼開心？」的句型是 "Why
（are you）so happy?" 另外，"look" 有「看起來似乎」的意
思，例："You look tired."（你看起來很累的樣子。）"You look miser-
able."（你看起來很可憐的樣子。）當說完這些話之後，還可以關心地問
"What's the matter with you?" 或 "What's wrong with you?"

102 看參考書目

看到一個熟悉的名字真不錯

It's so good to see a familiar name.

好問的美國人

　　美國人特別好問。有時，你也許會覺得，他們怎麼會問這麼不切實際又膚淺的問題。可是，也有一種情形，他們之所以向你提出一些你個人的問題，並非對你無禮，而是對你有**興趣**。而且，在他們的談話中，他們很討厭出現**冷場**，儘管談些天氣或無關緊要的問題，也不願有大家都沒話講的情況出現。

流行口語

1. Nice to meet someone *from my side of the tracks*.
   遇到故鄉的人真好。

2. Nice to see someone from *my neck of the woods*.
   看到從我家鄉來的人真好。

3. He's from where I'm from! 他和我來自同一個地方。

4. We're from the same *stomping grounds*. 我們來自同一個故鄉。

5. We're practically from the same neighborhood.
   我們其實來自相同的地區。

6. We have the same last name. 我們同姓。

實況會話

外國人：Look here in this bibliography！ Isn't this a Chinese name？

看看這份書目！這不是中國名字嗎？

中國人：Let me see... Yes... It's Dr. Liang. He's quite famous in Taiwan. *It's so good to see a familiar name.*

讓我瞧瞧…是呀…這是梁博士。他在台灣非常有名。

看到一個熟悉的名字真不錯。

外國人：Really？ How interesting. I'd like to read it.

真的？有多有趣？我想讀看看。

註 bibliography〔,bɪblɪˈɑgrəfɪ〕*n.* 書目

迷你情報

" familiar "是指「熟悉的」，當你看到一張台灣的風景照時，可以說" This picture looks familiar."（這照片看起來很熟。），吃到中國菜時，可以說" This fish tastes really familiar."（這魚的口味嚐起來很熟。）如果聽到一些中國人名或地名時，可以說" That name sounds familiar."（那名字似乎很熟。）

103 要求延長期限

我可以要求延長期限嗎

Can I get an extension?

交報告

最能影響學生成績高低的，莫過於**報告**(*paper*)。在寫報告時，重要的是要與教授經常**保持聯繫**。在題目定好後，首先要詢問教授關於**參考書類**的建議。如果認為需要花較多的時間來完成，可請求教授延長期限。萬一分數很低，而不知原因何在時，可在辦公時間內，到教授的研究室，請教授說明原因，以作為日後書寫報告的**參考**。

流行口語

1. I need *more time* to do it. 我需要更多的時間來完成。

2. I have to have another day to finish it！
   我必須再做一天才能完成。

3. Can you *loan* me some time？能寬限一些時候嗎？

4. I can't do it on time. 我無法如期完成。

5. *You have my word* that it will be done tomorrow.
   我向你保證明天將會完成。

實況會話

中國人：I haven't been able to finish my paper yet. *Can I get an extension*?

　　　　我還未能完成我的報告。我可以要求延長期限嗎？

外國人：I'll make a special exception and give you a little more time.

　　　　我可以特許你例外，多給你一些時間。

中國人：Thank you for being so understanding.

　　　　真感謝你的諒解。

外國人：Be sure to hand in your paper early next term.

　　　　下學期一定要早點交報告。

註 extension〔ɪkˈstɛnʃən〕*n.* 延伸；擴充

迷你情報　　在前面已經稍微提過，美國學生所交的「報告、論文」是 "paper" 而不是 "report"。學生們常會互相問 "Did you hand in your paper？"（你交報告了嗎？）交不出來時，就會說 "I asked the professor to get an extension."（我請求教授延長期限。）

104 決定畢業論文題目

我已決定好畢業論文題目了

I've decided on the theme for my graduation thesis.

寫論文

　　寫英語論文，最重要的是，必須提出自己的意見和看法。若只是把別人的意見一一列出，是無法**通過**（ *pass* ）的。在寫論文時，要先**搜集**（ *research* ）各種文獻資料，然後再作批判、檢討，以此為基礎，再將自己所提出的**觀點**（ *point of view* ）作為歸納，接著展開論證。另外，在寫論文時，千萬不能**抄襲**（ *plagiarize* ），絕對不允許把書中文章原封不動地抄進論文中，一定要用自己的措辭，來表達自己的意見。萬一非得引用書中部分文章時，必須註明該書書名、作者及引用的頁數。

流行口語

1. What do you ***think of*** this topic? 你覺得這個題目如何？

2. Is there any hope for this thesis? 這篇論文有希望嗎？

3. I can't ***think of*** a good topic. 我想不出一個好題目。

4. What are you going to do yours on?
   你要以什麼作為論文的題目？

5. I can't decide ***what to do***! 我無法決定該怎麼辦！

實況會話

中國人：*I've decided on the theme for my graduation thesis.* 我已決定好畢業論文題目了。

外國人：Let me see. Hmmm. It looks okay. I'll sign your card. Hand it in to the registrar.

讓我瞧瞧。嗯，看起來是沒有問題了。我會幫你簽一張卡。把它交到註冊主任那裏去。

中國人：Thank you for your help.

謝謝你的幫忙。

註 registrar〔'redʒɪ,strɑr〕 *n.* 註冊主任

迷你情報　「畢業論文」稱爲 " graduation thesis "，「碩士論文」爲 " master thesis " 或 " M. A. paper "。而「博士論文」則爲 " dissertation "。提出論文之後的「口試」是 " defense "。在接近畢業的五、六月時，到處都可以聽到 " Have you finished your thesis？"（論文寫好了沒？）的聲音。

105 畢業考前夕

> 你覺得我會通過嗎
>
> **Do you think I'll make it?**

不輕言放棄

　　在留學的生涯中，當然會有許多問題和困難。但是，在還未嚐試之前，不可輕言放棄。美國人有句話説：" *Everything is possible. You can do it.* "（凡事都可能，你辦得到的！）這句話主要的含意是，為了達成目的，不要固執不通，應作**多方的嚐試**。而美國學生也常用" You can do it！"這句話來激勵說洩氣話的留學生。

 流行口語

1. Did I pass? 我及格了嗎？

2. I didn't *blow* the test. 我沒有考砸。

3. Do you think I'll blow it? 你認爲我會考砸嗎？

4. I wonder *what my chances are*? 我懷疑我有多少機會？

5. I do poorly under this kind of pressure.
   在這種壓力下，我考得不好。

6. *I made the grade*! 我及格了！

實況會話

中國人：Whether I graduate or not depends on tomorrow's exam. I'm so nervous.

　　　　我是否能畢業全看明天的考試了。我好緊張。

外國人：I understand. If you don't pass, you won't be able to graduate.

　　　　我了解。如果你沒過關，就不能畢業了。

中國人：*Do you think I'll make it* ? 你覺得我會通過嗎？

外國人：Well, Mei-mei, you've always been able to manage somehow, haven't you?

　　　　嗯，美美，你向來都有辦法處理的，不是嗎？

manage〔'mænɪdʒ〕*v.* 完成；處理

somehow〔'sʌm,haʊ〕*adv.* 想辦法；總算

迷你情報

　　"make it" 有「完成；成功」的意思。在通宵徹夜地趕完報告後，說："I made it!" 很能傳神地表達完成的辛苦。另外，表示「平平安安地大學畢業。」是 "I made it through college."。對於考試沒信心的人，可以用 "Don't worry, you'll make it."（不必擔心，你會成功的。）來激勵對方。

106 畢業紀念册

你訂購畢業紀念册了嗎

Did you place your order for a yearbook?

學士服

　　通常學校方面會為每位畢業生準備**學士服**和**學士帽**。畢業生只要向系辦公室領取即可，不必購買。而每個學校的學士服，顏色各有不同，都有獨特的風格。在畢業典禮之後，學士服、學士帽都必須歸還學校，但是，帽子上的飾繸（*tassel*），畢業生可以自己保留。按照慣例，在領取畢業證書時，由院長將畢業生的飾繸從帽子右側移到左側。

流行口語

1. Have you *ordered* yours? 你訂了嗎？

2. I want to *place an order* for a book. 我想訂一本書。

3. Did you *put in for* a book? 你訂了一本書嗎？

4. You should get a yearbook. 你應該買一本畢業紀念册。

5. You'd better get it! 你最好買下來！

6. You need it *like a fish needs water*.
   你需要它就像魚需要水一樣。

實況會話

外國人：Mei-mei, *did you place your order for a year-book*？美美，你訂購畢業紀念冊了嗎？

中國人：No, not yet. 還沒有。

外國人：Then, you'd better hurry. Did you know there's a special section for messages from parents？ In fact, why don't you send an application form to your parents？

那麼，你最好快點。你知道上面有一欄是特別給父母留言的嗎？事實上，你何不寄張申請表給你的父母？

📖 yearbook〔ˈjɪr͵bʊk〕*n.* 年鑑；年報

迷你情報　表示「訂購、預訂」的用法有："place one's order for..." 和 "order"。而 "reserve" 雖然有「保留」的意思，也有「預訂」的意思，如："Don't forget to reserve your gown and cap,"（別忘了預定學士服和學士帽。）"yearbook" 本來是指「年鑑、年報」，在此是指「畢業紀念冊」。

107 畢業邀請函

> 我剛剛收到畢業邀請函
>
> **I've just received my graduation invitations.**

觀 禮

　　好不容易要畢業了，總希望**親朋好友**能一起來分享這份喜悦。可是，學校為了防止閒雜人混入典禮中，對於**參加觀禮**的人有所限制，是採取**配額制**，以入場券來**限制人數**。所以，畢業典禮的觀禮券，就成了搶手貨。學校也為那些沒有入場券的家長設想，會在隔壁的大廳中，擺放錄影機，將典禮的進行過程，透過錄影機，馬上**轉播**出來。

流行口語

1. I just got it **in the mail**. 我剛收到信。

2. It just came today. 今天剛送達。

3. There's **no more waiting**. 不必再等了。

4. Deliver the letter, the sooner the better.
　 把信寄出去，愈快愈好。

5. Guess what just arrived! 你猜剛剛送來什麼！

6. They're in the mail now. 信現在還沒來。

實況會話

中國人： I'm so happy. *I've just received my graduation invitations.*

我高興極了。我剛剛收到畢業邀請函。

外國人： Me too. I'm sending them to my family and my friends.

我也是。我打算把這些邀請函寄給我的家人和朋友。

中國人： American graduations are so meaningful. In Taiwan we seldom invite our family or friends to a graduation.

美國的畢業典禮辦得真是有意義！在台灣，我們很少邀請家人和朋友參加畢業典禮。

🔲 invitation〔ˌɪnvəˈteʃən〕*n.* 邀請；招待

迷你情報 畢業典禮（commencement）上，為了要邀請親人和朋友來觀禮，需要多幾張入場券（ticket）。所以，當你的入場券不夠時，可能就要求助其他同學，問他們 " Are your parents coming to the commencement？" 或 " Do you have any extra tickets？" 如果還是沒有多餘的入場券，就要到「教務處」（Dean's Office）詢問看看。

108 畢 業

也恭喜你
Congratulations to you, too!

畢業典禮

每個學校畢業典禮的形式，也許各有不同，但是，一般都以校長致辭為開始。之後，是頒發畢業證書。這是由各個學院的院長，一個一個地點名，請畢業生上台領畢業證書。場面很感人，使畢業生覺得這張證書是得來不易，又充滿感激的心情。

 流行口語

1. Way to go! 要得！

2. We're proud of you. 我們以你為榮。

3. *We made it through*! 我們完成了！

4. Congratulations on a job well done. 恭喜你圓滿達成。

5. *You did it*!! 你成功了!!

6. I'm so happy that it's over and done with.
   我很高興圓滿結束了。